맑은 강물 같은 문화의 흐름

灆溪書院

경상대학교 남명학연구소
남명학교양총서 26

맑은 강물 같은 문화의 흐름

藍溪書院

김기주 지음

景仁文化社

서 문

이 책은 남계서원에 관한 이야기다. 주요 내용은, 남계서원의 역사를 시작으로 삼물三物, 곧 인물·건물·유물에 대한 이야기로 구성되어 있다. 남계서원에 관한 우리의 이야기가 가지고 있는 의미나 가치는 다음과 같은 몇 가지로 요약될 수 있을 것 같다.

우선 남계서원은 초기 사림파의 중심인물 가운데 한 사람인 정여창을 제향하기 위해 세워졌다. 정여창을 '제향한다'는 것은 그를 '기념한다'는 것이고, 이 서원에서 그의 뜻을 계승하기 위한 '교육이 진행된다'는 뜻이다. '기념'은 그 자체로 이미 하나의 교육적 기능을 가졌다. 서원을 찾는 모든 사람에게 정여창과 같은 삶을 살아간다면, 자신 역시 그와 같이 또 누군가에 의해 기념될 것이라는 희망을 가지게 만들면서, 그와 닮은 삶을 살도록 권고하고 있기 때문이다. 우리의 이야기 역시 명시적이지는 않지만 근원적으로는 동일한 선상에 위치해 있다. 남계서원에 대한 이야기는 결국 남계서원과 정여창을 기념하는 하나의 방식이기 때문이다.

그런데 정여창의 삶이 서원을 찾는 사람들에게 닮아야 하고 지향해야 할 삶의 전형이 되었던 것처럼, '기념의 방식'은 또 다른 의미에서 '삶의 방향을 제공하는 방식'이기도 하다. 전통사회에서 남계서원은 영남 우도의 중심 서원으로 자리 잡고, 오랫동안 사람들에게 무엇을 향해 나아가야 할지, 그 삶의 방향을 일러준 나침반과 같은 것이기도 하였다. 삶을 살아가는 방식이 다르더라도, 삶에서 마주치는 문제들을 해결하고 풀어가는 방식이 다르더라도, 문제를 마주하고 그것을 해결하기 위해 고민하는 것은, 과거의 인물과 우리가 다를 바가 없다. 과거 우리의 조상들이 무엇을 나침반으로 삼았는지를 이해하는 것은 오늘 우리가 무엇으로 나침반을 삼아야 할지를 결정하는데 큰 시사점을 던져줄 것이다.

여기에 더해서 남계서원은 순흥의 소수서원과 해주의 문헌서원 그리고 영천의 임고서원과 함께 가장 초창기에 세워진 우리나라의 대표적인 서원 가운데 하나다. 이처럼 유구한 역사를 가진 남계서원에 대한 이야기는 단지 남계서원의 면면에 관한 이해에서 그칠 수 없다. 우여곡절 속에서 전개된 남계서원의 역사는 곧 조선 시대 서원 전개사와 그 맥을 함께 하고 있어서, 조선시대의 서원이 어떻게 세워지고 또 역사적 현장 속에서 그것이 어떻게 이어져 내려오게 되었는지를 생생하게 보여주고 있기 때문이다. 따라서 남계서원에 대한 이해는 우리의 발걸음을 전체 조선의 서원과 그 전개사에 대한 이해로 이끌 것이다.

또한 조선 중기 이래 서원이 지역의 주요한 교육기관이었다는 것은 주지의 사실이다. 하지만 알려져 있는 것처럼, 서원이 단순하게 교육적 기능만을 수행했던 것은 아니다. 서원은 지역의 고등교육기관이면서, 동시에 출판사·도서관 등의 역할을 수행하였다. 그리고 일정부분 부정적인 영향을 주었던 향촌 유림의 지역 운영기반이나, 정파政派 혹은 학파學派의 지역 거점 역할까지 담당하였다. 그 수행하였던 역할에서 보자면, 서원은 그 지역의 문화적 중심이었다고 해도 크게 지나치다 할 수 없을 것이다. 따라서 서원에 대한 이해는 단순히 일개 교육기관에 대한 이해를 넘어서, 그 지역의 문화 혹은 문화적 흐름을 이해하는 토대가 되기에 충분하다. 그런 의미에서 남계서원에 대한 이해는 강우지역 학술 혹은 문화적 전개를 읽을 수 있는 요긴한 창이 되어 줄 것이다.

조선 후기로 접어들면서 서원은 무분별하게 세워지고, 또 사회적으로 여러 가지 부정적인 폐해를 보여주었다. 그런 까닭에 대원군에 의해 전국에 49개의 서원만 남기고 모두 훼철되는 극적인 사건을 겪기도 하였다. 그리고 이러한 영향은 지금까지도 지속되어 서원은 여전히 많은 사람들에게 부정적인 의미를 가지는 것으로, 혹은 하루 빨리 잊혀지거나 정리되어야 하는 대상으로 여겨지기도 한다. 하지만 서원이 보여주었던 폐해와 마찬가지로, 그 순기능과 가치 역시 지나치게 빨리 잊혀지고 있는 것은 결코 바람직하다고 볼 수는 없을 것이다. 부족한 글을 세상에 내 놓으려하니 두려운 생각이 지워지지 않는다. 그럼에도 남계서원에 대한 우리의 이야기가 서원을 되돌아보고 이해하는 작은 계기가 되길 희망해 본다.

2015년 1월
보현산 아래 別墅에서 김기주

목 차

1

남계 – 맑은 강물 같은 문화의 흐름을 만들라

『명종실록』1566년(명종 21) 6월 15일자 기록을 살펴보는 것에서 우리의 이야기를 시작해 보자. 여기에는 당시 경상도 관찰사 강사상姜士尙(月浦, 1519~1581)이 함양咸陽의 진사進士 강익姜翼(介庵, 1523~1567) 등 30여 명이 '장고狀告'하였다고 '치계馳啓'한 내용이 실려 있다. 요즘에 잘 쓰는 말은 아니지만, '장고'란 '어떤 사실을 서면으로 알리는 것'을 가리키고, '치계'란 '말을 타고 급히 달려와 아뢰는 것' 곧 '빨리 보고 한다'는 뜻이다. 강익을 중심으로 한 30여 명의 함양 선비들이 경상도 관찰사에게 먼저 모종의 사실을 서면으로 알렸고(장고), 관찰사는 그들이 알린 내용을 다시 당시 왕인 명종에게 보고(치계)하였던 것이다.

그 보고 내용에서 보자면, 강익을 비롯한 함양의 선비

30여 명이 경상도 관찰사 강사상에게 장고한 것은 앞서 사액賜額된 소수서원紹修書院(1550년 사액)과 임고서원臨皐書院(1554년 사액)처럼 정여창鄭汝昌(一蠹, 1450~1504)을 제향하는 서원에도 사액해 줄 것을 요청하는 것이었다. 사액이란 서원의 이름을 새긴 현판과 함께 서원 운영에 필요한 토지나 노비, 서책 등을 정부에서 내려주는 것을 뜻한다. 잘 알려져 있듯, 소수서원은 우리나라에서 처음으로 사액된 서원이다. 그리고 임고서원의 경우 남계서원보다 1년 늦은 1553년에 공사를 시작했지만, 이듬해에 완공한 뒤, 곧바로 사액되어 있었다.

명종은 강사상으로부터 강익 등의 요청을 보고 받은 후, 예조에 사액 가능여부를 확인하였고, 예조에서 그것을 확인한 후 다시 왕에게 사액을 청함으로써 '남계灆溪'라는 이름으로 사액이 이루어졌다. 『명종실록』에서는 이 순간을 다음과 같이 기록하고 있다.

왕이 그 건의를 예조에 내리니, 예조에서 편액扁額과 서책을 하사하여 권장하는 뜻을 보이기를 청하였다. 왕이 그에 따라 이름을 남계서원이라고 하사하였다.[01]

남계라는 이름으로 사액된 것은 서원 앞을 북에서 남으로 흐르는 내川의 이름이 '맑은 물이 흐르는 계곡' 곧 '남계'였기 때문이다. 이렇게 해서 마침내 '남계'라는 이름

사당에서 내려다 본 남계서원 전경

의 서원이 역사 속에 등장하게 되었다. 그런데 '남계'라
는 이름의 서원이 등장하는 과정에 대한 이 짧은 기록에
서 우리는 하나의 의문을 가지게 된다. 다른 고상하고 멋
진 이름을 지을 수도 있었을 텐데, 왜 하필 서원 앞을 흐

르는 내에서 그 이름을 취하였을까? 임금이 하사한 이름의 무게만큼 그 이름에 깊은 뜻이 담겨 있지 않는 것처럼 보이기도 한다. 하지만 정말 그럴까?

돌이켜 보면 유학은 '강'과 밀접하게 관련되어 있음을 확인할 수 있다. 공자의 학문을 흔히 수사학洙泗學이라고도 부르는데, 그것은 공자와 그 제자들이 곡부曲阜를 휘돌아 흐르는 수수洙水와 사수泗水의 강변을 거닐며 학문을 논하였고, 그 과정에서 공자학단이 탄생하였기 때문이다. 그러나 이와 같은 외적인 연결고리에서 그치지 않고, 강과 유학의 관련성은 더 깊은 내적인 연결고리를 가지고 있다. 그것은 『순자荀子』「유좌宥坐」에 기록되어 있는 강물을 바라보며 공자와 그의 제자인 자공이 나누는 다음과 같은 대화에서 잘 드러난다.

공자가 강가에 서서 동쪽으로 흘러가는 강물을 바라보고 있었다. 옆에 있던 자공이 공자에게 물었다. '군자가 큰 강을 만나면 반드시 그 흘러가는 것을 바라보는데, 이것은 무슨 까닭입니까?' 공자가 대답하였다. '강물은 크고 넓게 여러 생명들에게 혜택을 주되 억지로 얻고자 하지 않는 것이 덕德과 비슷하고, 그 흐름은 낮은 데를 향하면서 모나거나 굽어도 반드시 그 흐름의 도리를 따르는 것이 의義와 비슷하다. 그 호호탕탕하게 끊임없이 흘러 끝이 없는 것이 도道와 비슷하다. 만약 둑을 터 나가게 한다면 그 반응의

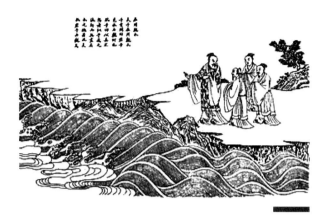

『공자성적도孔子聖蹟圖』의 '흘러가는 강물을 바라보다在川觀水'

빠르기가 메아리소리 같고 그 백 길 되는 골짜기에 다다라 떨어져도 두려워하지 않는 것이 용勇과 비슷하다. 구덩이에 붓더라도 반드시 평평해지는 것은 법法과 비슷하고, 그릇에 가득히 채운 후에 깎아낼 필요가 없는 것은 정正과 비슷하다. 가냘프더라도 미세한 데까지 가 닿는 것은 찰察과 비슷하고, 들고나면서 신선하고 깨끗해지는 것은 선화善化와 비슷하며, 그것이 만 번 꺾여도 반드시 동쪽으로 흐르는 것은 지志와 비슷하다. 이런 까닭으로 군자가 강물을 만나면 반드시 그 흐르는 것을 바라보는 것이다.'02

동일한 내용이 『공자가어孔子家語』「삼서三恕」·『대대예기大戴禮記』「권학勸學」·『설원說苑』「잡언雜言」 등에도 기록되어 있다. 동일한 내용이 여러 책에 인용되거나 기록되어 있다는 것은 공자와 자공의 이 대화가 그 만큼 사람들의 공감을 불러일으켰기 때문이라고 생각된다.

본래 물구경은 사람들이 좋아하는 구경거리 중의 하나다. 큰 비가 내린 뒤에 흙탕물이 되어 호호탕탕 흘러가는 강물을 온 동네 사람들이 몰려와 함께 구경하던 기억은 웬만한 사람이면 모두 회상해 낼 수 있을 정도다. 그런데 공자의 물구경은 참 공자답다. 같은 것을 보면서 다른 사람이 보지 못하는 것을 본다. 모두의 눈에 보이는 것만 보는 것이 아니라, 다른 사람이 보지 못하는 작은 것을 크게 본다. 그것이 공자가 공자인 까닭일 것이다. 그래서 공자는 강물이 흘러가는 것을 바라보면서도 그 안에서 삶의 깊은 의미를 읽어낸다.

위의 대화에서 드러나듯, 공자는 무심하게 흘러가는 강물에서 덕德·의義·도道·용勇·법法·정正·찰察·선화善化·지志라는 아홉 가지나 되는 의미를 확인한다. 그의 말에 따른다면 사람의 삶에 있어서 필요한 기본적인 덕목들을 단지 강물이 흘러가는 모습에서 배울 수 있는 셈이다. 흘러가는 강물은 또 다른 스승이었던 셈이다. 이처럼 공자는 강물의 흐름에서 삶의 의미를 확인하였고, 공자에게 강물은 그것 자체로 그의 스승이었다. 그런 측면에서 공자와 강물, 유학과 강은 그만큼 친연성을 가졌다고 말할 수 있을 것이다.

하지만 이렇게 유학과 강의 친연성을 강조하지 않더라

도, 이미 강은 늘 인간의 문화와 연결되어 있었다. 인류의 문화가 강에서 시작되었다는 사실까지 거론하지 않더라도, 산이 소통을 가로 막는 장애로 여겨진 반면, 새로운 세상과의 연결은 늘 강을 통해서 이루어졌다. 영남을 관통해서 흘러가는 낙동강 1,300리 물길도 과거에는 그 대부분인 1,000리가 뱃길로 열려 있었다. 그 길은 문화 교류의 장이자, 학문의 길이기도 하였다. 그런 까닭에 공자 같은 이는 흐르는 강물을 보고 배운다고 하였고, 또 강을 통해 지자智者의 길을 보여주었으리라.

이쯤에서 우리는 남계서원의 '남계'가 단순히 서원 앞을 북에서 남으로 흘러가는 내川의 이름에서 따온 것만이 아님을 짐작하게 된다. 어떻게 남계의 뜻이 그 소박한 의미에 한정될 수 있을까? 흘러가는 강물은 공자에게 삶의 방향을 알려주는 스승과 같은 것이었다. 또한 인류의 역사에 강은 곧 문화의 흐름이자 학문의 길이기도 하였다. 이렇게 보자면 '남계'는 이미 그것 자체로 삶의 방향을 알려주는 스승이자, 문화의 흐름, 학문의 길이라 이해하지 못할 것도 없을 것 같다.

특히 그것이 정여창이 만들어 온, 아니 그의 삶 그 자체가 보여준 것이 바로 새로운 문화적 흐름이었다면, 그를 제향하는 서원의 이름으로 '남계'는 또 그토록 적절한 셈이다. 동시에 그렇게 세워진 서원의 역할 역시 그 이름 속에 이미 담겨져 있는 것이다. 강물처럼 끊임없는 문화의 흐름이 곧 '남계'라면, 남계서원이라는 이름에서 우리는, 서원으로부터 기원하여 강물처럼 끊임없는 흘러가는 문화의 흐름에 대한 지향을 읽을 수 있다. 즉 임금이 내려준 '남계'라는 이름에는 호호탕탕하게 흘러가는 새로운 문화의 흐름을 만들어 가길 당부하는 의미가 담겨져 있었던 셈이다.

이제 아래에서는 이렇게 세워진 남계서원의 역사적인 전개과정에 대한 이해를 시작으로 제향인물과 서원을 구성하고 있는 건축물과 각각의 공간, 그리고 전해진 문헌들을 하나씩 차례대로 살펴보자. 이것은 곧 명종의 당부처럼 남계서원이 남계처럼 맑고 면면히 흘러가는 문화의 흐름을 만들어 내었는지 확인하는 과정이기도 하다.

2 남계서원의 역사

　남계서원灆溪書院은 함양군 수동면 원평리에 위치해
있다. 산청과 함양을 잇는 국도 동편에 구릉을 등지고 남
쪽으로 약간 방향을 튼 서향으로 자리 잡고 있는 모습이
다. 지형은 앞은 낮고 뒤가 높은 전저후고前低後高라는
전형적인 서원의 모습을 보여준다. 뒤로 연화산에서 뻗
어 나온 낮은 산줄기가 둘러싸고 있고, 앞으로는 덕유산
에서 발원한 '남계灆溪'가 북에서 남으로, 곧 서원의 오른
쪽에서 왼쪽으로 흘러가며, 그 너머로 너른 들판과 백암
산이 서원을 마주보고 있다.

　이 서원은 1552년(명종 7) 정여창의 학문과 덕행을 기
리기하기 위해 창건되어, 1566년(명종 21)에 '남계'라는
이름으로 사액되었다. 남계서원의 창건과정과 그 역사적
전개 과정을 대략적으로나마 기록하고 있는 문헌에는 강

남계서원 전경

함양 일두고가

맑은 강물 같은 문화의 흐름 灆溪書院

익이 쓴 「남계서원기」와 그의 「연보」 그리고 1935년에 간행한 「남계서원지」 등이다. 이들 문헌의 기록을 중심으로, 서원이 건립되는 과정과 건립 후의 운영 및 역사적인 전개과정에 대해 한 걸음 더 접근해 구체적으로 이해해 보자.

1. 남계서원의 건립과정과 사액

일반적으로 남계서원은 백운동서원(1550년에 소수라는 이름으로 사액을 받음)을 이어 우리나라에서 두 번째로 건립된 서원으로 알려져 있다. 하지만 사실 관계를 따져보면 남계서원을 설립하기 위한 공사가 시작되기 전 백운동서원 외에 황해도 해주에 이미 최충崔沖(984~1068)을 제향하는 수양서원首陽書院(文憲書院으로 사액)이 1550년(명종 5)에 세워져 있었다. 최충은 고려시대의 유학자로, 문신배출의 산실이자 우리나라 최초의 사립학교인 '9재학당'을 설립하여 교육한 학자였다. 이 서원은 주세붕周世鵬(愼齋, 1495~1554)이 1549년(명종 4) 55세에 황해도 관찰사로 부임하여 세운 것으로 백운동서원에 이어 그가 두 번째로 세운 서원이기도 하다.

뿐만 아니라 서원의 완공시점에서 보자면 또 다른 순서도 가능하다. 앞서도 언급하였듯, 남계서원 보다 1년

백운동서원을 돌아 흐르는 죽계

늦은 1553년에 공사를 시작하였지만, 그 이듬해에 완공한 영천의 임고서원臨皐書院이 있기 때문이다. 완공시점을 기준으로 본다면 남계서원의 순위는 더욱 뒤로 밀려나게 될 것이다. 이처럼 임고서원보다 1년 먼저 공사를 시작했지만, 완공이 한참이나 늦어진 것은 그만큼 건립과정에 이런저런 곡절이 많았음을 의미한다.

곡절 많은 건립과정

도대체 어떤 곡절들이 있었는지 먼저 남계서원의 건립과정을 설명하고 있는 「포증사전襃贈祀典」의 기록부터 살펴보자.

임고서원

임자년(명종 7)에 개암介菴 강익姜翼이 소고嘯皐 박승임朴承任, 사암徙菴 노과盧祼, 매촌梅村 정복현鄭復顯, 임희무林希茂와 의논하면서 '우리 고을은 일두 정여창 선생의 고향이지만, 선생이 돌아가신지 50년이 지나도록 아직 건원입사의 움직임이 없으니 우리 고을의 수치이다'라고 말하였다. 모두 그 말에 찬동하며 서원을 세우기로 결의한 것이 바로 이 때이다. 당시 우리나라 서원은 오직 주세붕이 건립한 죽계백운동서원 밖에 없었다. 견문이 미숙하여 다른 의견이 없지 않았으나, 개암은 뜻을 굽히지 않고 의연하게 공사를 결의하였다. 고을의 선비들이 다투어 곡식을 보내오고, 인근 고을에서 도움을 보내온 사람도 많았다. 군수 서구연이 진심을 다해 도와서 강당이 세워졌지만, 군수가 체임되고 마침 흉년이 들어 강당에 기와를 올리지 못하고 공사를 중

단하게 되었다. 남은 재산을 식리하여 재정이 넉넉하기를 기다려 공사를 마치기로 하였다.[03]

　앞의 내용은 1552년(명종 7)에 강익이 박승원朴承元·노과盧稞·정복현鄭復顯(梅村, 1521~1591)·임희무林希茂(灆溪, 1527~1577) 등과 협의하여 정여창鄭汝昌(一蠹, 1450~1504)을 모실 서원을 세우기로 결정하고, 함양군수 서구연徐九淵(烏有堂, 1502~1562)의 도움을 받아 공사를 시작하였지만, 흉년 등의 이유로 공사를 마무리하지 못하고 중단하게 되는 과정을 설명하고 있다. 아울러 여기에서는 중요한 하나의 사실도 확인하게 되는데, 그것은 앞에서도 언급했듯 서원의 건립과정에 곡절이 많았고, 결코 순탄한 과정이 아니었다는 점이다. 위의 내용에서 보더라도 서원을 건립하고자 논의가 시작되었을 때, 반대의견 역시 만만찮게 제시되었음을 확인할 수 있다.

　그럼에도 불구하고 함양군수 서구연의 도움을 받고, 주변 고을의 수령 및 함양 사림들의 쌀이나 조 등의 식량 기부에 의해 우선 강당과 사우의 건립을 추진하였다. 하지만 강당의 기와도 올리지 못한 상태에서 군수 서구연이 부모상을 당해 체임된 후, 그 뒤를 이어 부임한 군수들이 서원 건립에 소극적이었을 뿐만 아니라, 흉년이 이어져 공사는 중단될 수밖에 없었다. 이렇게 공사가 중단되자, 공사를 책임지고 있던 강익은 양홍택梁弘澤, 임희무 등에게 전곡유사典穀有司 직을 맡기면서, 기부받은 미곡을 운영함으로써 이자를 불려利殖 재산을 늘려가도록 하면서 뒷날을 기약하였다.

그러다가 1559년(명종 14)에 군수로 부임한 윤확尹確의 도움을 얻어낸 함양사림은 다시 공사를 재개하였다. 그동안 공사가 중단되었던 강당과 함께 담장, 곳간, 부엌 등이 지어져 서원의 면모를 갖추게 되었다. 그리고 이어서 정여창의 위패를 모실 사당을 건립하기 시작하여 2년 만인 1561년(명종 16)에 완공하였다. 이렇게 사당이 완공된 그해 2월 16일 마침내 정여창의 위패를 봉안하였는데, 처음 강익 등이 서원을 세우기 위해 논의한지 꼭 10년만의 일이었다. 이렇게 10년 만에 서원의 건축이 일단락 된 것을 강익은 다음과 같이 술회하고 있다.

다행히 우리 여러 군자들이 마음을 합하고 뜻을 함께 하여, 임자년(1552)에 일을 시작했고, 신유년(1561)에 끝마쳤다. 전후 10년 동안 무릇 부지런히 이 일을 지휘하고 계획한 것은 실로 세 분의 우리 원님이었다. 처음에는 부자에게 액운을 내려 그가 온축한 것을 펼 수 없도록 하더니, 결국에는 세 분 원님을 내려 주시어 부자를 제사지내게 하였고, 후학들이 의지하고 귀의할 데를 알게 하였으니, 하늘의 뜻 또한 여기에 있었던 것인가. 내가 부자보다 뒤에 태어나 비록 그의 문하에 들어가 배우지 못했지만, 부자께서 남긴 가르침을 듣고, 부자께서 남긴 훈계를 실천하면서 가만히 스스로를 진작시키고 면려하여, 부자의 도에 죄를 짓지 않으려 도모하였다. 그러나 갈 곳을 몰라 허둥대는 이 후학은 소경처럼 지팡이를 두드리며 길을 헤맨 지가 오래되었다.[04]

길고 긴 우여곡절의 과정을 거쳐 이렇게 정여창의 위패를 봉안한 뒤, 함양사림에서는 서원을 운영하기 위한 경제적 기반을 마련하기 위해 이감李戡, 홍담洪曇 등의 경상도 관찰사에게 지원을 요청하여, 1561년 관찰사 이감으로부터는 봄과 가을에 식염 12석, 여름과 겨울에 잡염 4말, 청어 100두름, 건잡어 100속, 어기 2조, 철 150근, 종이 50근을 받았고, 홍담에게서는 노비 1인 등을 지급 받아 서원의 경제적 기반을 다져나갔다. 또 다른 한편으로는 서원에서 공부할 유생들의 기숙사인 재실의 건축을 도모해서, 1564년(명종 19) 함양군수 김우홍金宇弘(伊溪, 1522~?)의 도움을 얻어 동재東齋와 서재西齋를 건립하였다. 김우홍은 조식曹植(南冥, 1501~1572)의 제자이자 외손서인 김우옹金宇顒(東岡, 1540~1603)의 형이다.

이렇게 강당과 재실이 모두 완공된 후, 각 건물에는 이름을 정하여 현판을 걸었는데, 각각의 이름은 강익이 지었고, 각 현판의 글씨는 조식曹植의 문인인 조식曹湜(梅庵, 1526~1572)이 썼다. 그래서 강당에는 '명성明誠', 강당

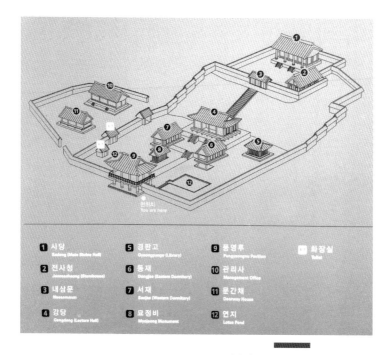

 안의 범례:

1 사당 Sadang (Main Shrine Hall)
2 전사청 Jeonsacheong (Storehouse)
3 내삼문 Naesammun
4 강당 Gangdang (Lecture Hall)
5 경판고 Gyongpango (Library)
6 동재 Dongjae (Eastern Dormitory)
7 서재 Seojae (Western Dormitory)
8 묘정비 Myojeong Monument
9 풍영루 Pungyongnu Pavilion
10 관리사 Management Office
11 문간채 Doorway House
12 연지 Lotus Pond
WC 화장실 Toilet

남계서원 평면배치도

의 좌우 협실에는 '거경居敬'과 '집의集義', 동재와 서재는
'양정養正'과 '보인輔仁', 재실의 헌軒에는 '애련愛蓮'과 '영
매詠梅', 문은 '준도遵道'라는 현판이 걸리게 되었다. 전체
적으로 본다면 강익을 비롯한 함양 사림들의 10여 년에
걸친 노력과 함께, 여러 우여 곡절을 겪은 뒤에야 마침
내 남계서원은 완공될 수 있었다.

남계서원의 사액

이렇게 건립된 남계서원이 사액을 받게 된 것은 1566년(명종 21) 7월이었다. 앞에서 이미 살펴봤듯이 백운동서원이 풍기군수로 부임한 이황李滉(退溪, 1501~1570)에 의해 1550년(명종 5) '소수紹修'라는 이름으로 사액을 받았고, 그 뒤를 이어 임고서원臨皐書院은 남계서원보다 늦은 1553년(명종 8)에 건립 공사를 시작했으나 그 이듬해인 1554년(명종 9)에 완공되어, 그 해에 곧바로 사액을 받았다. 반면 서원의 건립과정에서 여러 우여곡절을 겪은 남계서원의 경우에는 동·서 재실이 완공된 후인 1566년 6월에 강익을 중심으로 한 함양의 사림들이 사액을 요청하는 상소를 올렸고, 이러한 요청에 대해 예조에서 서원 앞으로 흐르는 시내이름으로 '남계'라 서원의 이름을 정하여 현판과 함께 서적을 그해 7월에 내려 줌으로써 사액을 받은 서원이 되었다. 당시 강익 등이 올린 상소문은 다음과 같은 내용을 담고 있다.

저 임고서원臨皐書院과 소수서원紹修書院은 모두 한때 고인을 추모하는 이들이 세운 것이지, 조정의 명령이나 사전祀典의 기록이 있지는 않았습니다. 그런데도 두 서원에는 모두 사액賜額하고 경전을 하사하였으며, 아울러 노비와 전답을 내려주어, 그 은전恩典을 극진히 해주셨습니다. 하물며 이 사우는 선왕조의 유지遺旨로 세운 것이니, 조정의 은

혜로운 하사가 어찌 저
두 서원보다 못할 수
있겠습니까. 신들이 이
런 이유로 삼가 생각건
대, 정여창의 학문과
품행은 한 고을의 의
표儀表가 될 뿐만 아니
라 학사學士의 모범이
될 만합니다. 그런 까
닭에 포상하고 추증하
는 은전이 선왕조에서
특별히 융숭하였고, 선
비들의 추모가 오늘날

남계서원 현판

에도 성대하게 일어나는 것입니다. 이는 실로 사람들이 마
음으로 한결같이 좋아하는 것이어서 그만둘 수가 없습니
다. 만약 위로 조정에 주달하여 사액과 숭장崇奬을 받지 못
한다면, 끝내 한 고을 선비들이 사사로이 세운 서원이 되
고 말 것이니, 일의 이치상 헤아려보아도 도리어 편치 못
하고, 또 영구히 유지되기도 어려울 것입니다. 지금은 바
야흐로 선왕의 뜻을 헤아려 계승해야 할 때입니다. 만약 정
려하고 사액하여 널리 은전을 베푸신다면, 위로는 선왕의
아름다운 뜻을 이루고, 아래로는 풍속을 교화하고 고무시
키는 데 일조가 될 것입니다.[05]

내용에서 보자면, 정여창을 제향하는 서원이 이미 사액을 받은 소수서원이나 임고서원의 위상보다 못하지 않으므로 사액과 함께 앞선 사액서원의 사례에 따라 노비나 토지를 정부에서 지원해 줄 것을 요청하고 있다. 또한 제사를 정부에서 인정하는 공적인 제사로 지내는 것이 지역의 풍속을 교화하고자 하는 목적에 맞을 뿐만 아니라, 그렇게 정부에서 지원할 때 비로소 안정된 재정으로 충분한 효과를 얻을 수 있다는 점을 들어 사액을 설득하고 있다.

서원이 사액되는 데 있어서 이와 같은 지역 사림의 상소와 함께, 노진盧禛(玉溪, 1518~1578)·양희梁喜(九拙菴, 1515~1581)·이후백李後白(靑蓮, 1520~1578)과 같은 함양 출신 관료들의 주선과 후원이 큰 힘을 발휘하였다. 특히 이들은 여러 고을의 지방관을 역임한 후, 홍문관이나 의정부에서 활동하고 있던 관료로, 서원을 건립할 때부터 미곡 등을 지원하며 경제적인 도움을 주기도 하였다. 그리고 함양 사림이 서원의 사액을 청원할 때 이들이 중앙에서 호응하여 영향력을 행사했을 것으로 짐작된다.

서원에 사액이 이루어진 후, 1569년(선조 3)에 전사청典祀廳 등을 건립하여 제례와 서원운영을 위한 시설과 공간을 제대로 갖추게 되었다. 하지만 이토록 우여곡절을 겪으며 완공된 남계서원은 임진왜란이라는 중요한 고비를 맞게 된다. 1592년 임진왜란이 일어나자 남계서원의 원임들은 정여창의 위패를 땅에 묻고, 제기와 제복 그리고 서적 일부를 지리산 무주사無住寺에 옮겨 보관하였다. 하지만 무주사가 도적들에 의해 약탈당하면서 보관하였던 물건들 역시 망실되어 버렸다. 정유재란 때에는 더욱 피해가 커서, 함양까지 쳐들어온 왜군들이 서원을 불태우면서 남아있던 책과 문서 역시 모두 불타버렸다. 이때의 상황을 정경운鄭慶雲(孤臺, 1556~?)은 『고대일록』 1599년 1월 28일조에서 다음과 같이 묘사해 놓고 있다.

> 서원의 책을 점검해보니, 단지 『두시杜詩』만 전질이 있을 뿐이고, 기타 『어류語類』나 『성리대전性理大全』은 반 이상 흩어져 없어졌고, 그 나머지는 전부 불에 타버렸으니, 너무나 통탄스럽다.[06]

정경운과 『고대일록』

정경운의 본관은 진양晉陽이고, 자는 덕옹德顒이다. 함양에 절승絕勝을 이룬 소고대小孤臺가 있어서 '고대'라 자호하였다. 임진왜란이 일어나자 함양에서 의병을 일으켜 김성일金誠一·김면金沔의 휘하에서 활약하였다. 1597년의 정유재란 때는 남계서원의 유사有司로서 정여창의 위패를 모셔두었다가 뒤에 위패를 다시 봉안하는 데 큰 역할을 했으며, 1617년에는 남계서원의 원장에 올랐다. 임진왜란 때의 상황을 기록한 저술인 『고대일록孤臺日錄』과 『호남절의록湖南節義錄』이 있다. 특히 『고대일록』은 임진왜란이 일어난 1592년부터 1606년까

지의 일들을 기록한 것으로, 임진왜란 당시의 상황과 전후
수습대책 등을 이해하는 데 도움을 주는 사료이다.

전쟁이 끝난 후, 1599년 3월 15일에 불행 중 다행으로
땅에 묻어 두었던 위패를 찾은 정경운은 임시로 2칸의
작은 사우를 지어 봉안하고 제례를 이어갔다. 위패를 다
시 찾을 당시를 정경운은 다음과 같이 기록하고 있다.

나는 서원으로 갔다. 위패를 감춘 곳을 헤쳐 보니, 2년 동
안이나 흙 속에 있었는데도 한 군데 상한 곳이 없었다. 분
칠한 면이 새로 만든 것과 같았고, 글자의 획도 깎인 곳이
없었다. 흉적의 화 역시 미치지 않았으니, 참으로 하늘의
도움과 귀신의 꾸짖음이 아니라면, 어찌 이럴 수가 있겠는
가? 자그마한 집 두 칸을 지어 봉안할 일을 꾀했다.[07]

전쟁 기간 동안 땅 속에 묻어 두었던 위패를 찾는 순
간 그의 감격스런 모습이 눈앞에 그려지는 듯하다. 이렇
게 위패를 다시 찾은 후, 이듬해인 1600년(선조 33)에는
터가 낮아 물이 든다는 이유로 남계서원의 원임과 함양
의 사림이 모여 서원을 이전하여 중건하기 위한 논의가
시작되었다. 전쟁으로 서원은 폐허가 되었으니 이 기회
에 터를 옮겨 중건하자는 것이었다. 그런데 이러한 논의
에서 똑 같이 전쟁 중에 퇴락해 버린 당주서원溏洲書院을

함께 중건하는 것으로 결정되면서, 함양의 사림은 의견 분열을 보여주게 되었다.

본래 당주서원은 함양에서 남계서원을 이어 건립된 서원으로, 노진盧禛(玉溪, 1518~1578)을 제향하는 서원이었다. 노진이 사망한 후 1579년(선조 12) 함양의 사림과 문인들이 서원 건립을 추진하면서, 임훈林薰(葛川, 1500~1584)에게 자문을 구했을 때, 그는 새로운 서원의 건립보다는 남계서원에 배향하는 것이 좋겠다는 의견을 제시하였다. 하지만 이러한 의논을 관찰사에게 보고하자 관찰사는 남계서원의 배향보다는 새로운 사우를 지어 제향하는 것이 좋겠다는 의견과 함께 재정적인 지원을 약속하였다. 이렇게 되자 당주滯洲 마을에 있던 노진의 서재를 강당으로 삼고, 사우를 건립하여 1580년(선조 13) 가을에 서원을 완공하였다. 서원의 완공과 함께 노진 외에 강익의 위패를 함께 모시자는 의견에 따라, 다시 임훈에게 자

남원의 옥계노진별묘 모덕사

문을 얻어 두 사람의 위차를 노진을 주벽主壁으로 강익을
배향配享하는 것으로 정하고 함께 위패를 모시게 되었다.

노진을 주벽으로 하고, 강익을 배향하게 된 것은 두 사
람이 비록 비슷한 연배이지만, 노진이 강익보다 다섯 살
연상이고, 벼슬에 있어서도 노진이 관찰사·대사헌·이조
판서 등의 고위관직을 역임하였다면, 강익은 진사에 합
격한 후 학행으로 사포서봉사司圃署奉事를 지냈을 뿐이라
는 점 때문이었다. 강익의 후손과 문인들은 충분히 승복
하지 못하였지만, 당시까지만 하더라도 이 문제가 첨예
하게 드러나며 의견 대립을 낳지는 않고 있었다.

그런데 왜란에서 폐허가 된 두 서원을 다시 중건하면

서 문제가 발생하게 되었다. 일단 서원이 옮겨갈 곳을 나촌으로 정하고, 적당한 자리를 물색하던 중, 전란 후 민심을 수습하기 위해 방문한 부찰사 한준겸韓浚謙(柳川, 1557~1627)의 주선으로 발산 산기슭의 터를 마련할 수 있게 되었다. 그리고 이어서 서원의 중건을 본격적으로 추진하기에 이르렀다. 하지만 이 과정에서 당주서원의 건립과정에서 무마되었던 문제가 불거져 나와 의견이 대립하게 되었다. 터를 이전하여 중건하는 것에 적극적으로 반대한 사람들 대부분은 노진의 후손들과 그 문인들이었다. 이들이 이건에 반대한 것은 본래 당주서원에서 주향과 배향으로 정해졌던 노진과 강익의 위차位次가 이건을 추진하면서 양자를 병향하는 것으로 바뀌었기 때문이다.

주향과 배향, 병향

주향主享은 사당祠堂이나 사묘祠廟에 모신 여러 위패位牌 중에서 가장 중심이 되는 위패 또는 그 자리에 앉은 이의 위패를 가리키며, 주벽主壁이라고도 부른다.

배향配享은 주신主神의 제사에 다른 신을 병행하여 제사하는 것으로, 주향자와 분명한 위계 차이를 가지면서 주향의 좌우 측 양편 벽에 위패를 모셔두고 함께 제사지내며, 종향從享, 종사從祀 등과 같은 의미를 가진다.

병향並享은 사당에 모신 여러 위패 간에 상하의 위계가 없이, 위패를 같은 줄에 나란히 두어 함께 제사하는 것을 뜻한다.

주향자의 위패는 사당을 들어서는 정면 벽의 가운데에 남쪽을 바라보는 위치에 있고, 배향자의 위패는 주향자의 좌우동서측 벽에 위치해 있는데, 위패의 위치가 주향에 가까울수록, 그리고 좌측에 위치해 있는 위패가 우측보다 높은 위계를 가진다. 병향의 경우 다수의 위패는 정면 가운데 나란히 병열로 위치해 있다.

배향에서 병향으로 바뀌는 과정에서는 당시 영향력을 행사하고 있었던 정구鄭逑(寒岡, 1543~1620)나 김우옹, 그리고 조식의 제자인 정인홍鄭仁弘(來庵, 1535~1623)의 의견이 반영되었다. 당주서원의 건립과정에서 배향에 승복하지 못하고 있던 강익의 후손과 문인들은 이건을 준비하는 과정에서, 위차문제를 당시 이 지역에서 가장 큰 영향력을 행사하고 있던 이들 3인에게 문의하였던 것이다. 이에 대해 정구는 '개암과 옥계는 벗으로 서로 존경하였지 스승과 제자로 구분하는 것은 보지 못했다'고 답변함으로써 병향이 옳다는 의견을 제시하였고, 김우옹이나 정인홍 역시 비슷한 입장을 보여주었다.

하지만 처음 당주서원을 세울 때처럼 노진을 주향해야 한다고 주장하는 측에서는 지속적으로 병향을 반대함으로써, 서원을 이건한 후에도 위차에 대한 분쟁은 계속되었다. 이렇듯 노진과 강익의 위차문제는 함양의 사림을 분열시켰고, 남계서원 역시 그 분쟁으로부터 자유로울 수 없었다. 노진의 후손들이 중심이 되어 선출한 남계서원의 원장이었던 이유李維와 유사였던 정옥鄭沃은 분란을 일으켰다는 이유로 교체하고, 조식의 문인인 하응도河應圖(寧無成齋, 1540~1610)를 원장으로 추대한 후 새로운 원규를 만든 것도 모두 이와 관련되어 벌어진 일이었다.

이러한 일련의 사태가 벌어진 후, 결국 노진의 주향을 주장하는 측에서는 '옥계사'라는 별도의 사우를 세우겠다며 노진의 위패를 모셔가 버리고 말았다. 하지만 1610년(광해군 2) 마침내 김굉필金宏弼(寒暄堂, 1454~1504)·조광조趙光祖(靜庵, 1482~1519)·이언적李彦迪(晦齋, 1491~1553)·이황과 함께 정여창이 문묘文廟에 종사되면서 남계서원의 위상은 더욱 높아졌는데, 그 와중에 1611년(광해군 3)에 당주서원이 중건되어 노진과 강익의 위패가 옮겨감으로써 위차문제를 중심으로 한 갈등은 일단락되었다. 그리고 남계서원 역시 옛 터로 이전을 추진하여 이듬해인 1612년(광해군 4)에 다시 예전의 모습으로 돌아오게 되었다.

당주서원이 재건된 후, 여러 논란에도 불구하고 노진과 강익의 위차는 다시 예전의 형태, 곧 노진을 주향하는 것으로 되돌아 간 것으로 보이는데, 이런 측면에서 보자면 강씨 문중과 그 문인들의 불만은 계속 잠복되어 있었던 것으로 이해된다. 그래서 1634년(인조 12)에 강익을 배향에서 병향으로 고치려는 향론을 제기하였지만 이때에도 성공하지 못하자, 방법을 바꿔서 그해에 남계서원에서의 별사別祠 건립을 추진하게 되었다.

함양의 사림이 회합하여, 남계서원은 강익이 주도하여 건립한 후 운영하였기에 남계서원에서 그를 제향하는 것에 문제가 없다고 결의한 후, 이 안건에 대해 정온鄭蘊(桐溪, 1569~1641)에게 의견을 물었다. 이것에 대해 정온은 남계서원에 강익을 제향하되, 별사를 세워 모시는 것이 좋겠다는 의견을 제시하였다. 별사를 세워 제향하는 경우는 정묘正廟에 제향하는 인물과 성격에 있어서 차별적이거나, 함께 모시면 위차에 문제가 발생하는 경우 선택하는 방식이다.

결국 이와 같은 정온의 의견에 따라, 남계서원 동쪽에 별사를 세워 강익을 제향하게 되었는데, 이렇게 강익의 위패를 이안하는 과정에서 강씨 문중에서는 당주서원에 기부하였던 전답을 돌려받아 남계서원에 기부하고, 당주서원과의 관계를 정리하였다. 그리고 8년 뒤인 1642년(인조 20)에는 그 전해에 사망한 정온과 함양출신의 유호인兪好仁(㵢溪, 1445~1494)을 별묘에 병향하였고, 당주서원에서도 별묘를 세워 정희보鄭熙普(退省軒, 1683~1763)를 제향하였다. 그 뒤 이렇게 남계서원의 별묘에 제향되고 있던 강익과 정온 등에 대해 함양의 사림에서는 정묘로 승향하려는 노력 역시 전개되는데, 1677년(숙종 3)에 정온이 승향되었고, 1689년(숙종 15)에 마침내 강익 역시 정묘에서 제향될 수 있었다. 그리고 1820년(순조 20)에 정여창의 현손인 정홍서鄭弘緖(松灘, 1571~1648)가 마지막으로 별묘에 제향되는 것을 끝으로 남계서원과 그 별묘의 제향자는 최종 확정되었다

이후 남계서원은 1865년(고종 2) 만동묘萬東廟를 시작으로 1871년(고종 8) 전국 47개 서원만을 남겨두고 모든 서원이 철폐되는 과정에서도 훼철을 모면하여 남겨지게 되었다. 1868년(고종 5)에 별묘가 훼철되기는 하지만, 문묘에 종사된 정여창의 고향인 함양에 위치해 있고, 또 그를 주향하는 유일한 사액서원이라는 이유로 존치될 수 있었다. 그 뒤 1922년에 장판각이 중건되었고, 1935년에는 서원지가 간행되기도 하였다.

2. 남계서원의 운영

앞에서 우리는 남계서원의 창건에서부터 시작하여, 신미년 대원군의 서원철폐령에서 살아남아 존치되기까지의 역사적인 전개과정을 대략적으로 개괄할 수 있었다. 이와 같은 역사적 전개과정에 대한 이해에 이어서, 여기에서는 그와 같은 역사적인 전개과정, 곧 약 400년 동안 남계서원은 어떤 형태로 운영되었는지를 살펴보자.

서원의 운영과 관련한 논의에서 먼저 주목하지 않을

수 없는 것은 서원의 기능이다. 서원이 가진 기본적인 기능을 중심으로 서원은 운영될 수밖에 없는 것이다. 그렇다면 서원은 어떤 기능을 가진 것인가? 무엇보다 서원은 강학講學과 존현봉사尊賢奉祀, 곧 학문 강론과 현인에 대한 제사라는 두 가지 기능을 동시에 수행한다. 강학과 존현봉사라는 서로 상이하게 보이는 두 가지 기능은 사실상 동일한 하나의 목표, 곧 교육에 닿아있다. 존현봉사마저도 교육적일 수밖에 없는 것은 성리학적 세계관 속에서 이해될 수 있다.[08]

남계서원의 향사

조선 혹은 조선의 학술사에 가장 큰 영향을 끼친 주자학의 리기론理氣論적인 세계관에 근거해 본다면, 세계 안에 존재하는 모든 것은 신神의 의지에 따라 생성되고 변화하는 것이 아니다. 세계와 그 안에 존재하고 있는 모든 것의 생성과 변화, 혹은 탄생과 사망은 리理와 기氣라는 두 가지 요소의 결합과 분리에 의해 설명된다. 이러한 관점은 인간에게도 예외없이 적용된다.

주자학의 리기론

인간의 삶이란 결국 세계와 나, 타인과 나의 만남이다. 그 만남에서 취하는 나의 태도가 내 삶의 내용이 된다. 그런데 마주하고 있는 사람이 누구인지 그리고 어떤 사람인지 알 수 있을 때, 비로소 그 사람에 대한 나의 태도를 분명하게 결정할 수 있게 된다. 이것은 세계에 대해서도 마찬가지다. 세계를 바라보는 시각이 세계에 대한 태도를 결정하기 때문이다. 만물은 어떻게 만들어지게 되었을까? 우리 앞에 있는 인간을 포함한 모든 사물이 어떻게 만들어져 눈에 보이는 이런 모습으로 있게 되었을까? 이런 물음에 대한 답이 우리의 세계관을 구성하는 근원적 물음이다. 그리고 이러한 물음에 대한 주자의 답이 바로 '리기론'이다. 수컷과 암컷이 만나 새로운 생명이 탄생하듯, 리와 기가 만나 하나의 생명 · 사물 · 사건이 생성한다는 생각, 그것이 바로 리기론의 기본적인 구도이다. 이외에 리와 기를 만나게 하거나 결합하게 만드는 또다른 초월적인 존재, 곧 신神이나 요정 · 귀신 등은 이러한 이론체계에서 철저하게 배제되어 버린다. 그래서 주자학은 철저한 무신론적 토대 위에 서있게 되었다. 다만 잊지 말아야 할 것은 이 '리기론'이 근원적으로 지향하고 있는 목표가 사실은 세계나 우주의 존재해명이 아니라는 점이다. 그것이 세계를 바라보는 시각, 우주를 바라보는 시각이기에 그것은 동시에 세계관이자 우주론이기도 한 것이지만, 주자의 주된 관심은 우주나 그 안에 존재하는 것에 모아지기 보다는, 우주나 세계 안에서 진행되는 인간의 삶, 그 삶을 채우는 인간의 행위, 그 중에서도 도덕 실천에 모아지고 있었기 때문이다. 그런 의미에서 리기론은 인간 행위를 이해하는 우주론적인 틀을 제공하는 것으로 이해할 수 있다. 마치 우주선을 타고 지구 밖에서 지구를 바라볼 때, 비로소 우주적 시각에서 지구를 이해할 수 있는 것처럼.

그렇기 때문에 이러한 이론체계는 인간의 사후 세계에 대한 어떤 형태의 종교적인 신앙이나 믿음을 제시할 수 없다. 즉 성리학적 세계관 속에서 보자면 인간 사후에 불멸하는 영혼이 있다거나, 세계와 그 안에 존재하는 모든 것을 어떤 인격적인 신, 혹은 초월적인 어떤 존재가 주재한다고 생각하지 않는다. 그러므로 엄밀한 의미에서 보자면, 성리학의 세계에는 세상을 지배하는 신이나 영원불멸하는 영혼이나 귀신 등 인간이 경배하거나 제사해야 할 대상 자체가 사실상 존재하지 않는 것이다.

이러한 무신론적 세계관 속에서 행해지는 제사는 절대적인 신이나 불멸하는 영혼을 경배하거나 위로하기 위한 의식으로 이해될 수 없다. 다만 죽은 자를 기념하며 그의 덕을 기억하는 하나의 방식 혹은 의식으로 받아들일 수 있을 뿐이다. 아울러 그것은 살아 있는 자에게 죽은 자가 보여준 삶의 태도와 방식 그리고 내용을 닮도록 권고하는 교육적인 목적을 가지는 것으로도 이해할 수 있다. 서원에서의 봉사奉祀는 지역현인을 기념하는 의식이자, 동시에 그의 삶을 닮도록 권고하는 교육적 기능을 수행했던 것이다. 이처럼 서원의 주요한 기능 가운데 하나인 존현봉사의 측면에서 남계서원이 어떻게 운영되었는지를 살펴보자.

서원에서 행해진 봉사奉祀의 전례 절차는 먼저 백운동서원에서 찾을 수 있다. 풍기군수 주세붕이 백운동서원을 세운 후, 향교의 석전례釋奠禮와 가례家禮 등을 참고하여 존현봉사를 위한 제식祭式을 마련하였다. 그 뒤에 이

황이 다시 향교 석전례를 참고하여 서원의 제례를 수정
하였는데, 그런 까닭에 춘추의 제향은 석전례와 같이 중
월 곧 음력 2월과 8월에 지내는 것이 일반적이었다. 남
계서원에서도 1561년(명종 16)에 강당과 사우를 건립한
뒤, 그 해 음력 2월 16일에 정여창의 위패를 봉안하여
제사를 지냄으로써 서원의 활동을 시작하였다. 남계서
원에서 음력 2월 16일에 첫 제례를 올린 것은 그 날이
바로 향교 석전제를 올린 열흘 뒤인 중정中丁일이었기
때문이다.

그 뒤 남계서원에서는 정기적인 제례와 비정기적인 제
례가 행해졌다. 정기적인 제례에는 봄과 가을인 음력 2
월과 8월 중정일에 지내는 춘추 제향, 곧 향사가 있고,
매월 초하루와 보름에 원임이 중심이 되어 지내는 삭망
제인 분향례焚香禮가 있었다. 그리고 해가 바뀐 정초에
새로운 한 해를 시작하면서 지낸 정알正謁이 있었다. 춘
추향사는 서원의 가장 큰 의례로, 제관들은 향사 3일 전
에 서원에 도착하여 술을 마시지도 않고, 향이 심한 채
소를 먹지도 않으며 몸과 마음가짐을 정갈히 하고 조심
하였다. 제향 당일에는 새벽 축시丑時 전에 진설을 마치
고 향사를 시작한다. 반면에 초하루와 보름에 지내는 분
향례에서는 따로 제물을 마련하지 않고, 주향인 정여창
의 신위를 시작으로 3위에 차례로 분향한 후, 밖으로 물
러나 중문 앞에서 원임들이 함께 재배再拜, 곧 두 번 절

향교에서의 향사

하는 것으로 마무리되었다.

이외의 모든 제사는 비정기적이었다. 사당 건물을 새
로 세우거나 이건·중건·수리하며 위패를 다른 곳으로
옮기거나 옮겼던 위패를 다시 본래 위치로 옮기는 경우
지냈던 이안제移安祭와 환안제還安祭, 재난을 당했을 때
에는 위안제慰安祭, 위패를 새로 봉안하게 될 경우의 예
성제禮成祭, 사액을 받은 후에 올리는 사액례賜額禮 등이
행해졌다. 이밖에 위패가 봉안된 인물의 시호를 받을 때
에도 제례를 거행했는데, 남계서원에서는 선조 10년 정
여창에게 시호가 내려졌을 때, 제례와 함께 위패를 개

제改題하였다. 향교와 서원의 위패는 모두 밤나무를 사용
하지만, 향교 위패는 이름을 직서하였고, 서원의 위패는
도분塗粉을 하였다. 향교의 위패는 한번 쓰면 고칠 일이
없지만, 서원의 위패는 뒤에 시호나 증직을 받으면 고
쳐야 했기 때문이다. 이렇게 위패의 내용을 고치는 것
을 '개제'라 부르는데, 개제 후에도 제례를 거행했던 것
이다.

남계서원의 교육과 강학

반면에 서원의 교육은 주로 원생들이 스스로 경전을
읽고 깨우치는 것이 주가 되었는데, 그런 까닭에 독서의
순서가 매우 중시되었다. 대부분의 서원에서는 『소학小
學』과 사서四書, 오경伍經을 공통의 필수과목으로 채택하
였고, 그 외에 『가례家禮』, 『심경心經』, 『근사록近思錄』 등
여러 성리학 서적과 역사서 등을 교재로 사용하였다. 이
러한 과정은 아무래도 주희朱熹(晦庵, 1130~1200)의 영향
을 크게 받았다고 생각되는데, 그는 서원에서 학생들을
가르치면서 필독서와 함께 그 독서 순서를 제시하였다.
주희는 사서 가운데 가장 먼저 읽어야 하는 책은 『대학大
學』이고 이어서 『논어論語』를 읽은 후에 『맹자孟子』와 『중
용中庸』을 읽을 것을 권장하였다. 그리고 이렇게 사서를
모두 읽고 이해한 후에는 다시 오경을 읽도록 하였다. 가
장 핵심적인 서적들은 바로 사서였던 것이다.

그렇다고 강의가 없었던 것은 아니어서, 서원에서의 교육은 일 개월이나 보름 정도 10명 내외의 원생들이 기숙하며 함께 공부하는 거접居接, 춘추 향사와 매월 초하루와 보름 제례가 끝난 다음 경전을 강독하는 통독, 특정 기간에 유명한 학자를 초빙해 원생뿐만 아니라 인근의 유생들이 참여하는 강회 등이 개설되었다. 남계서원의 경우 통독은 강당이 세워진 1562년부터 지속적으로 이루어졌고, 거접은 동재와 서재가 세워진 1564년(명종 19) 이후부터 실행된 것으로 짐작된다.

이처럼 강학은 서원의 주요한 기능이기도 하지만, 교육과 관련해서 서원은 또 다른 하나의 주요한 역할을 수행하였다. 그것은 바로 지역 도서관과 출판사의 역할이다. 남계서원의 경우에도 이것은 예외가 되지 않는다. 남계서원은 건립초기부터 서적을 마련하기 위해 노력하였다. 남계서원의 「서원보부록」에는 기증, 원비, 내사內賜의 세 가지 방법으로 마련한 서적의 목록과 권수가 기재되어 있다. 기증은 주로 지방관과 중앙의 관리, 함양의 사림들이 기증한 책들이 대부분이고, 내사는 사액과 함께 국가에서 내려준 책이다. 이 외의 책들은 모두 원비, 곧 서원에서 자체적으로 구입한 책들이다.

이렇듯 다양한 방식으로 마련된 서적은 대부분『논어』·『맹자』·『시경』 등의 경전류, 『근사록近思錄』·『주자어류朱子語類』 등 성리서, 『사략史略』·『통감』 등의 역사서, 그리고 개별 학자들의 문집류 등으로 구성되어 있었다. 그런데 초창기에 마련했던 서적들은 정유재란 때에 대부분 불타버렸다. 전란 뒤에 다시 도서 확보를 위해 노력하며, 향교의 서적을 옮겨오기도 하고, 지방관이나 사림의 기증을 받거나, 구입을 통해 도서를 확보하였다. 이렇게 확보한 책을 잘 관리하기 위해 장마에 습기가 찬 책들을 햇볕에 내어 말리는 포서曝書를 하였고, 목판을 만들어 장판각에 보관하며 도서를 간행하기도 하였다.

남계서원의 원규와 원임

서원에 대한 이해에 있어서 서원을 실질적으로 운영했던 사람들, 곧 원임들에 대한 이해도 결코 빠뜨릴 수 없는 부분 가운데 하나다. 다행히 남계서원에는 서원을 운영하였던 역대 임원들, 곧 원장院長, 유사有司, 전곡유사典穀有司의 명단이 상당 수 남아있다. 이 명단은 「경임안經任案」, 「원임안院任案」 혹은 「원임록院任錄」이라고 부르는데, 서원이 설립된 초기부터 20세기까지 망라되어 있다. 그 가운데 가장 오래된 경임안은 1552년부터 1687년까지의 기록으로 원장을 포함한 원임들의 명단이 실려 있다. 이 기록을 통해서 당시 원임들의 재임기간, 새로운 원임으로 교체된 시기 및 이유, 그리고 원임들의 간략한 업적을 확인할 수 있어서, 설립 초기 서원의 운영 상황을 짐작해 볼 수 있다.

건립 초기 원장·유사·전곡유사 체제였던 조직은 1678년(숙종 4)에 전곡유사를 대신하는 도유사都有司 제도를 도입해 운영하는 것으로 바뀌었다. 이 체제는 이후 약 50여 년 동안 원장·도유사·유사 체제로 운영되다가, 1738년(영조 14)에 재유사齋有司 제도가 도입되어 운영되면서 체제가 변화하였다. 특히 1743년(영조 19)에는 노론의 핵심인물인 이재李縡(陶菴, 1680~1746)가 원장으로 취임하는 경원장京院長제도가 등장하는데 이것은 노론계 서원에서 확인되는 주요한 특징이기도 하다. 이후 김이안金履安(三山齋, 1722~1791)·남공철南公轍(思穎, 1760~1840)·조인영趙寅永(雲石, 1782~1850) 등의 인물이 경원장으로 활동하면서 남계서원은 확실한 노론계 서원으로 자리 잡았다.

그리고 1820년(순조 20)부터는 유사가 경유사京有司와 향유사鄕有司로 나누어졌고, 1847년(헌종 13)에는 별유사別有司가 새롭게 생겨났다. 경유사와 향유사가 나누어졌다는 점 역시 경원장 제도와 마찬가지로, 노론계 서원이 가진 주요한 특징이기도 하다. 이점에서 보자면 후대로 내려갈수록 남계서원의 노론화는 더욱 심화되었다고 이해할 수 있는 셈이다. 반면에 별유사는 서원에 특별한 일이 있을 때, 혹은 특정 사안을 처리하는 짧은 임기의 임원으로, 그 사안이 마무리될 때 임기도 함께 끝나는 것으로 파악된다. 1885년(고종 22)에는 장의掌議 제도가 도입되어 원장·유사·장의 체제로 운영되었고, 1923년부터는 직월直月이 새로 임원에 추가되었다. 직월은 서원 운영에 필요한 각종 실무를 담당하였다.

서원을 운영하는 실질적인 주체는 이렇듯 원임들이지만, 서원 운영과 관련된 모든 규정은 원규에 담겨져 있다. 남계서원의 원규는 두 가지가 확인되는데, 『남계서원지』에 수록된 원규와 남계서원의 고문서를 모아 간행한 『고문서집성 24 남계서원편』에 실려 있는 원규가 그것이다. 『남계서원지』에 수록된 원규는 현재 강당에 현판으로 새겨져 걸려 있는데, 이 원규가 13개 조의 내용으로 구성되어 있는 반면, 『고문서집성』에 실려 있는 원규는 짧은 10개 조의 내용으로 구성되어 있다.

『남계서원지』의 원규

1935년에 발간된 『남계서원지藍溪書院誌』에 수록되어 있고, 현재 강당인 '명성당'에 현판으로 걸려있는 원규의 내용은 다음과 같다.

– 제생의 독서는 사서와 오경을 근본으로 삼고 『소학』과 『가례』를 입문으로 삼는다. 국가가 인재를 배양하는 방법을 따르고 성현의 친절한 가르침을 지켜서 모든 선함이 나에게 갖추어져 있다는 것을 인식하고, 옛 도를 오늘날에 실천할 수 있다는 것을 믿어서 몸소 행동하고 마음으로 체득

남계서원 원규현판

하며, 본체를 밝히고 쓰임에 맞게 하는 학문을 하는데 모두가 힘써야 한다. 여러 역사·제자·문집·문장·과거의 학업 또한 널리 겸하여 통달하기를 힘쓰지 않을 수 없다. 그러나 내외 본말과 경중 완급의 순서를 알아서 항상 스스로 격앙하여 타락하지 않도록 해야 한다. 그 밖에 부정하고 거짓되고 요망하고 괴이하고 음란하고 편벽된 책은 모두 서원으로 들여와 눈에 가까이 함으로써 도를 어지럽히고 뜻이 현혹되지 않도록 한다.

– 제생들이 뜻을 세우기를 견고하게 하고, 지향하기를 바르고 곧게 하며, 학업은 원대한 경지에 도달할 것을 스스로 기약하고, 행동은 도의로 귀착점을 삼는 것은 좋은 배움이다. 마음을 낮은 곳에 두고, 취사가 현혹되어 지식이 비루함을 벗어나지 못하며, 뜻과 희망이 오로지 이욕에 있는 것은 잘못된 배움이다. 만약 성품과 행실이 상도를 벗어나 예법을 비웃고 성현을 업신여기며, 법도와 도리를 속이고 위반하여 더러운 말로 어버이를 욕하거나 여러 사람

을 거슬러서 따르지 않는 자가 있으면 서원에서 함께 의논하여 배척한다.

– 제생들은 항상 자신의 재실에서 조용히 지내면서 오로지 독서에만 정진할 것이며, 의문이나 어려운 곳을 강구하는 경우가 아니면 함부로 다른 재실을 찾아가 쓸데없는 말로 시간을 허비하면서 피차간에 생각을 어지럽히고 학업을 중단해서는 안 된다. 특별한 사유 없이 무단으로 외출하지 말며, 자주 드나들지 말라. 의관, 행동거지, 언행 등에 있어 각자 서로 힘쓰고 도와서 선을 권면한다.

– 반궁, 곧 성균관에는 이천선생의 「사물잠」, 회암선생의 「백록동규」와 「십훈」, 진무경의 「숙흥야매잠」을 걸어두었는데, 그 의미가 매우 좋으니, 서원 안에도 이것을 벽에 걸어두어 서로 바로잡고 경계한다.

– 책은 문 밖으로 내가서는 안 되고, 여색은 문 안으로 들어서는 안 되며, 술은 빚어서는 안 되고, 형벌을 쓰면 안 된다. 책은 내가면 잃어버리기 쉽고, 여색은 들여오면 더럽혀지기 쉽다. 술을 빚는 것은 학사에 마땅한 일이 아니고, 형벌은 유생의 일이 아니다. 제생이나 유사로서 개인적인 노여움으로 서원 밖의 사람을 구타하는 따위인데, 이것은 무엇보다도 단서를 열어놓아서는 안 되는 일이다. 서원에 소속된 사람들에게 죄가 있는 경우는 용서할 수 없으니, 작은 죄는 유사가, 큰 죄는 상유사와 함께 상의하여 벌을 논한다.

- 서원의 유사는 부근에 사는 청렴하고 재간이 있는 품관한 사람으로 차정하고, 선비 가운데 사리를 알고 행의가 있어서 여러 사람들이 추앙하고 심복하는 한 사람을 선발하여 상유사로 삼되, 모두 2년마다 교체한다.

- 제생과 유사는 예를 갖추어 서로 만나고, 공경으로 서로 대하도록 힘쓴다.

- 서원에 소속된 사람들은 잘 돌보아준다. 유사와 제생은 항상 하인을 아끼고 보호해야 하며, 서원의 일과 재실의 일 외에는 사람마다 사사로이 부려서는 안 되며, 개인적인 노여움으로 벌해서도 안 된다.

- 서원을 세워서 선비를 양성하는 것은 국가에서 문교를 숭상하고 학교를 일으켜 인재를 새로 양성하는 뜻을 받드는 것이니, 사람들은 마땅히 마음을 다하여야 한다. 이제부터 이 고을에 부임하는 자는 서원의 일에 대하여 반드시 그 제도는 증보하고, 그 규약은 줄이지 말아야 하니, 그런다면 이 학문에 어찌 다행이 아니겠는가.

- 어린 아이는 수업을 받거나 초청한 경우가 아니면 서원의 문 안에 들어오지 못한다.

- 임시로 서원에 머무는 생도는 관례의 여부와 상관없이, 정해진 인원을 두지 않고, 재질이 갖추어지면 서원에 오르도록 한다.

- 서원을 건립할 때는 영구히 보존할 것을 기약하는데, 만약 제때에 보수하지 않는다면 쉽게 퇴락하는 지경에 이를

것이다. 만약 비가 새고 부서진 곳이 있다면, 유사는 즉시 관에 신고하여 제때에 수리한다.

— 원생과 서원을 방문한 선비는 사당을 알현할 때에 정자 관과 흑단령을 갖춰입고 예를 행하되, 흑단령이 없다면 홍 단령을 입어도 무방하다.[09]

『고문서집성 24』의 원규

『남계서원지』의 원규와는 달리『고문서집성 24』에 실려 있는 원규는 상대적으로 단순한 내용으로 구성되어 있 다. 이것은 대체로 20세기 초반인 1923년(癸亥年)에 작성 된 원규로 추정된다. 주요 내용은 서원의 재산과 물품의 관리, 향사 비용 등에 관한 것이다.

— 유사가 인수인계시에는 반드시 재산과 물품을 대조한 후 에 인계한다.

— 원토의 세금은 서원에서 직접 담당한다. 도지세는 액수 를 정하도록 하고, 만약 재해가 있으면 농작물의 잘되고 못 된 정도를 추수하기 전에 직접 살펴보도록 한다.

— 향례에 쓰일 경상비는 도지세에서 춘추로 각 50석을 정 해진 예에 의하여 조달하여 쓰도록 한다.

— 소를 잡는 포우脯牛 가격은 150냥을 정가로 한다.

— 서원의 재용은 증거가 없으면 쓰지 못하도록 한다.

— 유사의 공적인 접대비용은 15냥 이내에서 정한다.

– 서원의 서책은 서원에 와서 독서하는 자가 아니면 결코 빌려주지 않는다.

– 참알參謁하는 사람에 대한 접대는 만약 비용이 과다하게 되면 적절하게 감도록 한다.

– 서책은 매년 여름을 경과한 후 햇빛에 포쇄한다.

– 미진한 내용에 대해서는 추후에 보충한다.[10]

이처럼 『고문서집성』본의 원규 내용은 비교적 간략하지만, 서원 운영과 관련한 구체적이고 실질적인 규칙들로 채워져 있다. 전체적으로 볼 때, 「남계서원지」의 원규는 서원 운영과 관련된 전반적인 사항들과 관련된 원칙을 포괄적으로 제시하고 있다면, 『고문서집성』본의 원규는 서원의 물품관리나 비용의 지출과 관련된 규칙을 구체적으로 제시한 것으로 이해된다. 그런데 이러한 서원 원규의 제정에 가장 큰 영향을 끼친 것이 바로 주희가 제정한 「백록동서원학규」로, 이것은 우리나라 서원 원규의 방향을 결정하였다.

「백록동서원학규白鹿洞書院學規」
부자 사이에는 친함이 있어야 하고, 군신 사이에는 의가 있어야 하며, 부부 사이에는 구별이 있어야 하고, 어른과 아이 사이에는 차례가 있어야 하며, 친구 사이에는 믿음이 있어야 한다.

이상의 다섯 가지 가르침의 조목은 요순이 설契을 사도司徒로 삼아, 각별한 마음으로 오교를 펴려고 했었는데, 이 다섯 가지가 바로 그것이다. 배우는 것이란 다름 아닌 이것을 배우는 것일 뿐이다. 이것을 배우는 순서도 다섯 가지가 있는데 그 구분은 다음과 같다.

넓게 배우고, 자세하게 물으며, 깊이 생각해보고, 분명하게 구별하며, 철저하게 실천한다.

이상은 학문하는 순서로 배우고, 묻고, 생각하고, 구별하는 네 가지는 궁리하는 일이다. 독실하게 실천하는 문제는 수신으로부터 일을 처리하고 상대를 대하는 데에까지 각기 따로따로 중요한 단서가 있다. 그 구분은 다음과 같다.

말은 진실되고 믿음 있게 하며, 행실은 철저하면서도 신중하게 하며, 분노를 절제하고 욕심을 막으며, 선한 쪽으로 나아가고 과실이 있으면 고친다.

이상은 수신의 요점이다.

의리에 맞도록만 하고 이해는 따지지 말 것이며, 옳은 길만 택해 가고 공로를 계산에 넣지 말라.

이상은 일을 처리하는 요점이다.

내가 하고 싶지 않은 일은 남에게 시키지 말고, 하다가 잘 안되는 일은 그 원인을 자기 자신에게 찾으라.

이상은 사람을 대하는 요점이다.

희熹가 나름대로 살펴보건대, 옛 성현聖賢들이 사람에게 학문하는 방법을 가르치는 데 있어 그 뜻은 모두가 의리義理를 잘 알고 밝혀서 각기 자신을 닦은 뒤에 이를 다른 사람에게까지 미치게 하라는 것이었지, 한갓 사람들에게 기람記覽만을 힘쓰고 문장文章이나 잘하여 실속없는 이름이나 얻고 이록利祿이나 취하도록 하면 그만이라는 것은 아니었다. 그런데 지금의 학문하는 사람들은 이미 그와 반대로 나가고 있는 것이다. 그러나 성현이 사람을 가르치던 법이 모두 경전 속에 있으니, 뜻 있는 사람이 그것을 잘 읽고 깊이 생각하고 또 묻고 밝히고 하여 그것이 당연한 이치임을 알고서 자기 자신이 꼭 그대로 해야겠다고만 한다면, 남이 규구規矩를 만들고 금제禁制를 만들기 이전에 자기가 지킬 것은 지키고 자신이 갈 길은 스스로 알아서 가야 하지 않겠는가. 그러한 의미로 본다면 근세에 와서 학문하는 데 있어 규구를 둔다는 그 자체가 이미 학자를 학자로 대우하는 도리가 아니다. 그리고 그 방법 또한 꼭 고인들의 뜻에 맞는 방법이라고 할 수도 없는 것이다. 그러므로 지금 이 당堂에서는 그러한 것들을 쓰지 않고 다만 성현이 가르치신 학문하는 방법 중의 중요한 부문만을 골라 이상과 같이 조항별로 써서 문지방 사이에다 게시해 놓는 것이다. 제군들이 그 모두를 자신의 책임으로 알고 그 내용을 강명講明하여 준수해 나간다면, 무슨 생각 하나 하고 행동 하나 하는 데 있어 틀림없이 저 학규보다도 더 엄격하게 삼가고 두려워할 것이 있을 것이다. 만약 그렇지 못하고 혹시 저 말대로도 못한다면 그때는 저 학규라는 것이 제군들을 단속하는 도구로서 없어서는 안 될 물건이 될 것이다. 제군들은 그 점을 깊이 생각하기 바란다.[11]

남계서원의 경제

이 밖에 서원의 운영과 관련해서 가장 중요한 부분 중의 하나가 바로 경제적인 토대의 마련인데, 남계서원의 경우에는 서원 건립을 추진하는 과정에서 이미 남은 곡식으로 식리를 시작하였고, 서원이 완공된 후 사액을 받은 뒤에도 건물을 유지하고 각종 제례를 거행하며, 서원의 각종 교육활동을 위해 토지와 함께 식리를 지속적으로 운영한 것으로 확인된다. 1567년(명종 22)에는 당시 원임으로 있던 강익이 남은 곡식의 운용을 모색하다가 노진 등과 논의한 끝에 함양의 4개 면에 위치해 있던 서당에 나누어 주면서 원래 이자율의 절반만을 받기로 하였다. 그리고 이렇게 마련된 곡식의 이자로 향촌 교화에 힘쓰기도 하였다. 중간에 서원의 재정에 여유가 없을 때에는 원래의 이자율을 받기도 하였지만, 일반적으로는 당시 노진 등과 논의했던 기존 이자율의 절반으로 적용하였다.

이밖에 보다 구체적으로 서원의 경제적 규모는 「양안量案」이나 「전답안田畓案」 등을 통해 확인할 수 있는데, 남아 있는 자료는 그다지 많지 않다. 1733년(영조 9)에 작성되고, 1737년에 다시 추가로 기록된 「양안」에 근거해 보자면, 당시 남계서원의 전답은 국가로부터 영구적으로 세금이 면제된 토지가 1결 2부이고, 면세지가 3결이 있었다. 3결의 면세지는 밭이 95부 3속, 논이 2결 7속으로 구성되어 있었다. 그런데 이러한 내용과 함께 다음과 같은 논의의 결론인 완의完議가 함께 기록되어 있다는 점은 시사하는 바가 크다.

대저 학궁의 전답은 서로 바꾸거나 누락하여 잃어버리거나 방매하는 폐단이 없어야 하는 데도 이전부터 지금까지 혹

이러한 일들이 있었기 때문에 올 추향 때에는 선비들이 의논을 제기하여, 감사하는 유사를 별도를 정하고 갑술양안 및 경자양안을 일일이 조사 확인하였다. 그리하여 상환, 누실된 곳을 등사하여 서원 양안의 말단에 따로 부쳤다. 원중에서 금년부터 시작하여 본답의 소출은 반분하며, 하동에 있는 논 상환한 곳도 또한 되물려서 아울러 부기하니 이후 교대한 임원 일지라도 이에 따라 준행할 일이다.[12]

이와 같은 내용에 따르면, 당시 서원의 전답이 충분히 체계적으로 관리되지 못하였다는 사실을 확인할 수 있다. 하지만 관리상의 문제가 발견되었을 때, 사림이 함께 논의한 결과를 운영지침으로 제시함으로써 또 다시 임원들이 임의로 전답을 바꿔치기 하거나, 누락시키고 팔아버리는 등의 사태를 방지하고자 하는 노력을 엿볼 수 있다.

반면에 서원 토지의 위치와 면적, 소작인과 소작료 등을 기재하고 있는 일제강점기에 작성된 「추수기」의 내용을 살펴보면 당시 서원의 경제력을 대체적으로나마 파악할 수 있다. 이때의 「추수기」에 따르면 1911년 남계서원의 토지는 주로 함양 인근에 분포되어 있었고, 논 257두락 8승으로, 이것에서 121석 4두의 소작료를 징수하고 있었다. 그 가운데 수수료나 자연 감축분 등을 제한 실제 소작료 수입은 111석이었다. 하지만 1924년의 추수기를 살펴보면, 소작료 수입은 92석 10두로 전체 수입이

상당 부분 축소되었음이 확인된다.

　서원은 이러한 소작료 등의 토지로부터 얻어지는 수입 외에 지역의 사족이나 지방관으로부터의 후원도 적지 않다. 특히 남계서원은 지방 수령들의 절대적인 후원을 통해 건축이 이루어졌다는 점은 앞에서도 이미 확인한 바 있다. 그리고 이러한 기부나 후원은 일회성이거나 일시적인 것도 있지만, 관에서 현역 복무자인 정군의 경비 충당을 위하여 현역에서 제외된 10호의 보인에게 부담시켰던 군포의 징수권을 남계서원에 위임시켰던 사실에서, 정부나 지방관의 후원이 일회성으로 그치지 않았다는 점을 확인할 수 있다. 남계서원에는 서원이 설립되던 때부터 지역의 사족이나 지방관의 기부·후원의 규모와 명단을 기록한 「부보록裒寶錄」이 전하고 있다. 이 기록에 근거해서 그 내역을 살펴보면, 후원은 쌀·콩·서적·노비·어물·소금·종이 등 다양한 형태로 이루어졌음을 알 수 있다.

3. 남계서원의 역사적 전개

　서원의 연혁에 이어 서원이 어떻게 운영되어 왔는지를 서원의 기능을 중심으로 한 다양한 측면을 통해서 살펴보았다. 그런데 남계서원은 정여창의 삶만큼이나 굴곡이 많은 전개과정을 겪었다. 특히 조선 후기 붕당정치의 시작과 함께 남계서원은 북인계 서원에서 남인계 서원으로, 그리고 조선 후기에는 마침내 노론계 서원으로 변화해 가는 모습을 보여준다. 이제 남계서원이 어떻게 그렇게 자신의 정체성을 변화시켜갔는지, 그리고 왜 남계서원은 그렇게 변화해 갈 수밖에 없었는지를 구체적으로 살펴보자.

북인계 서원

남계서원의 역사적 전개과정은 남계서원에 대한 이해에서 빠질 수 없는 부분이다. 앞에서 잠시 언급했듯 특히 남계서원은 인문지리적인 위치와 함께 정치적 흐름의 변화 속에서 일정부분 자신의 색깔을 달리해 왔다. 남계서원이 세워지던 당시 함양은 진주와 산청을 중심으로 활동한 조식 혹은 남명학파의 영향권에 속하고 있었다. 남계서원의 창건에 있어서 가장 큰 역할을 수행했던 강익 역시 조식의 문인이었다. 뿐만 아니라 함양 지역 혹은 함양의 유력한 가문들 대부분이 사실상 넓은 범위에서 조식 혹은 남명학파의 영향권 아래에 있었다. 이러한 연유로 이 지역의 정치적 입장은 처음 동인東人으로 시작하였고, 동인이 남인南人과 북인北人으로 분당하였을 때에는 강한 북인 성향을 보여준 것은 자연스러운 흐름으로 이해된다.

남계서원이 북인 성향을 보여주었던 것은 남계서원이

건립된 후, 1563년(명종 18)에 조식과 그의 문인들이 이곳에서 강론하였고, 1564년(명종 19)에는 조식의 제자인 김우홍이 서원의 두 재실, 곧 동재와 서재의 건립을 적극 지원한 사실에서 확인된다. 뿐만 아니라 1565년(명종 20)에는 조식의 제자인 오건吳健(德溪, 1521~1574)이 남계서원에서 주자의 연보 등을 강론하였다. 이러한 사실들에서 보자면 당시 남계서원은 산청의 덕천서원과 함께 강우지역 남명학파가 강학하고 회합을 가지는 주요한 장소로 활용되었던 셈이다.

특히 이 지역이 강한 북인 성향을 보여주었다는 점은 양홍주梁弘澍(西溪, 1550~1610)에 대한 함양 사림의 대응에서 분명하게 확인된다. 1603년(선조 36) 정인홍이 성혼成渾(牛溪, 1535~1598)을 기축옥사己丑獄事의 배후자로 지목하고 관작을 삭탈하자, 함양의 양홍주가 상소를 올려 정인홍을 탄핵하였다. 정인홍과 처남 매부지간이던 양홍주가 성혼의 문인을 자처하며, 정인홍을 공격하자, 함양의 사림에서는 향회를 열고 정인홍을 옹호하는 상소를 올리는 한편, 양홍주를 추종하는 몇몇 인물을 청금록靑襟錄에서 삭제하고, 또 집을 헐고 향내에서 축출해 버리는 '파가출향破家黜鄕'의 벌을 내렸다. 이러한 사태에서 보자면, 당시까지 함양지역의 사림과 남계서원은 정인홍 혹은 북인의 영향권 아래에 있었고, 그들의 주요한 근거지였던 것으로 이해할 수 있다.

기축옥사己丑獄事

기축년己丑年인 1589년(선조 22) 황해감사 한준韓準, 안악군수 이축李軸, 재령군수 박충간朴忠侃 등이 정여립鄭汝立과 그에 의해 조직된 대동계원들이 반란을 꾀한다고 고변告變하는 것에서 시작해 1591년까지 약 3년 동안 이어진 국문鞫問에서 정여립과 관계를 가졌던 1,000여 명의 동인東人 인물들이 희생된 사건이다. 조식의 문인들 또한 큰 피해를 입었는데, 최영경崔永慶이 바로 이때에 옥사하였다. 정여립이 실제로 모반을 일으켰다는 구체적인 물증은 찾지 못하였기 때문에, 이 사건이 서인에 의해 조작된 음모라는 주장은 당시부터 제기되었다.

청금록靑衿錄

청금靑衿이란 '푸른 옷소매'라는 뜻으로, 유생儒生을 가리킨다. 그래서 청금록이란 유생의 명부를 가리키는데, 조선 시대 성균관·향교·서원 등에 비치되어 있던 유생들의 인적사항을 기록한 명부를 뜻한다. 청금록에는 유학幼學·생원·진사의 인적사항을 기록하였을 뿐만 아니라 이미 문과에 급제하여 관직에 있는 사람 역시 해당 기록을 삭제하지 않고 남겨두었다. 유생의 명부인 만큼 유생으로서의 도리에 어긋나는 짓을 하면 청금록에서 제적되었다.

남인계 서원으로의 변화

하지만 이러한 남계서원의 성향은 1623년 인조반정으로 대북정권이 몰락하면서 급격하게 변화하게 되었다. 특히 이 시기와 관련해서 주목할 것은 1612년(광해군 4)

부터 1685년(숙종 11)까지의 약 73년에 걸친 남계서원의 기록이 공백으로 비어있는 점이다. 1612년은 광해군 당시 정권의 중심이었던 정인홍이 우의정에 오르면서 본격적으로 활동하기 시작한 해이고, 이듬해인 1613년에는 이이첨과 계축옥사를 일으켜 영창대군을 제거하고 서령부원군瑞寧府院君에 봉해짐으로서 권력의 중심적인 위치에 오른 시기였다. 이 당시부터 남계서원의 기록이 약 70년 동안 공백으로 남아 있다는 것은 정인홍 혹은 북인정권과의 관련성을 지우기 위한 남계서원의 노력이 아닌가 의심되기도 한다. 만약 이렇게 이해하는 것이 가능하다면, 기록의 공백기간이기도 한 1642년(인조 20)에 정온을 별묘에 제향하는 조치 역시 그와 같은 정치적 목적을 가진 것으로 이해할 수도 있을 것이다.

인조반정

인조반정은 1623년 서인西人이 광해군과 북인정권, 특히 대북파를 몰아내고 능양군을 인조로 옹립한 사건이다. 광해군의 즉위와 함께 권력의 중심이 되었던 대북파는 임진왜란에서 의병활동을 통해 정치적 입지를 확보하여 중앙정계로 진출한 정인홍 등 남명학파의 인물들이 중심이 된 정파였다. 하지만 이 사건을 계기로 북인정권은 중앙정계로부터 철저하게 퇴출되었을 뿐만 아니라, 그 후손들의 정계진출 역시 사실상 봉쇄되었다.

정온은 1606년(선조 39)부터 1608년(광해군 원년)까지 남계서원의 유사를 지냈고, 임진왜란 이후 남계서원이 사액현판을 다시 받는데 앞장서 노력하기도 했지만, 그 러한 관련성 보다 더욱 그의 제향이 가진 의미는 그의 정 치적 처신과 관련되어 있다. 정온은 본래 정인홍과 무관 할 수 없는 인물로, 1610년(광해군 2)에 문과에 급제할 때 는 북인정권의 인물로 출사하였지만, 광해군의 폐모廢 母, 살제殺弟에 반대하다가 10여 년 동안 제주에서 귀양 생활을 하였다. 그리고 인조반정으로 풀려난 뒤에는 북 인과 결별하고 남인으로 처신한 인물이었다. 그런데 그 가 사망한 이듬해에 곧바로 남계서원에서는 그를 제향하 였는데, 이것은 곧 남계서원이 북인정권과 결별하고 남 인정권에 접근했음을 보여주는 하나의 주요한 사건이라 여겨진다.

남계서원이 남인정권과 연결되는 것은 1680년(숙종 6) 경신환국이전 남인이 정권을 잡고 있던 시절인 1677년 (숙종 3)에 별묘에서 제향되던 정온이 정묘로 승향되 고, 1689년(숙종 15) 기사환국에 의해 남인이 다시 정권 을 잡은 때에 다시 강익이 정묘에 제향되는 것에서도 확 인된다.

남인계 서원에서 노론계 서원으로의 변화

그런데 남계서원의 변화는 여기에서 그치지 않는다. 1694년(숙종 20) 갑술환국이후 남인은 정권의 중심으로부터 배제되어 버렸고, 서인들의 집권시대가 열렸다. 이러한 흐름 속에서 남계서원은 생존을 위한 새로운 변신이 요청되었다. 1728년(영조 4) 무신난戊申亂에서 남계서원에 제향된 정온의 4대손인 정희량鄭希亮(?~1728)이 안음安陰에서 거병하여 거창·합천·함양 등 주변 고을을 점령하며 한 때 기세를 올리기도 하였다. 하지만 곧 관군에 의해 토벌됨으로써, 이 사건은 다시 한 번 남계서원의 역사적 전개 방향을 흔들어 놓게 된다. 그리고 이 관군의 토벌과정에서 큰 공을 세우지는 못하지만, 정희량을 토벌하기 위해 정여창의 후손들이 참여하는 점에서 남계서원이 이제 남인계 서원에서 노론계 서원으로의 전향을 준비하는 모습이 드러난다.

무신난戊申亂

무신난은 인조반정이 일어난지 약 100여년 뒤인 1728년. 영조 즉위 후 벼슬에서 밀려난 소론일파의 호응을 얻어 밀풍군密豊君 탄坦을 추대하며, 왕통을 바로 세워야 한다고 주장하고, 이인좌를 도원수로, 정희량이 원수가 되어 일으킨 반란이다. 정희량은 고향인 안음에서 군사를 일으켰는데, 관군에 패한 후 거창에서 선산부사 박필건朴弼建 등에게 체포되어 참수되었다. 인조반정이 중앙 정계에 진출했던 북인정권 혹은 남명학파에게 심각한 타격을 준 사건이라면, 무신난은 이들의 본산이라고 할 수 있는 강우지역에서 조차 더 이상 존립할 수 없도록 만들어 버린 사건이다. 남계서원은 이 사건을 계기로 노론계 서원으로의 전환을 가속화하게 된다.

특히 이 당시 남계서원이 노론계 서원으로 전향하고 있다는 사실은 원임 구성에서 확인된다. 노론계 서원의 원임구성은 대체로 원장院長-장의掌議-유사有司체제로 나타난다. 그리고 서원의 원장은 중앙정계의 고위관료로 추대되는 경우가 많았다. 이것은 서원측의 든든한 정치적 뒷배경을 확보한다는 목적과 지방에 대한 중앙관료의 자파세력 확대라는 상호 이해관계가 결부되면서 나타난 현상이다. 따라서 원장은 명예직의 성격을 띠고 있었으며, 실질적인 서원운영은 장의가 담당하였다. 장의는 대체로 서원소재지 내지 인근의 지방관으로 임명되는 경우가 많았으며, 따라서 서인계 서원은 지방관으로 대표되는 관권과의 관계를 효과적으로 유지할 수 있었다. 이러한 서인계 서원의 성격은 자파 현직관료로 임명되는 '경원장京院長'·'경장의京掌議'·'경유사京有司' 제도에서도 확연히 드러난다.

남계서원에서 경원장이 처음 나타난 것은 1743년(영조 19)이다. 처음 이조판서 이재가 경원장이 된 이후 유척기兪拓基(知守齋, 1691~1767)·김치인金致仁(古亭, 1716~1790)·김이안·이민보李敏輔(豊墅, 1720~1799)·송환기宋煥箕(心齋, 1728~1807)·남공철·조인영 등이 연이어 경원장에 취임하였는데, 이들은 모두 노론계의 핵심인물이자, 당대 최고의 권력자들이기도 했다. 남계서원의 경원장 임기는 종신제였고, 또 1820년에는 경유사가 확인되는 등, 노론계 서원의 일반적인 특징을 잘 보여주고 있다.

남계서원이 서인 노론계 서원으로 전향되고 있는 사실이 이러한 운영체제에서만 드러나는 것은 아니다. 정여창의 후손인 정덕제가 서원의 묘정비를 세우면서 그 비문을 노론 계열의 인물인 김종후金鍾厚(本庵, 1721~1780)에게 부탁하여 지었는데 여기에서 여러 문제가 발생하게 된다. 그 자초지종을 함양 사근도찰방沙斤道察訪을 지낸

이덕무李德懋(靑莊館, 1741~1793)는 다음과 같이 기록하고 있다.

남계서원은 문헌공文獻公 정일두鄭一蠹선생을 향사享祀하는 곳이다. 그 봉사손奉祀孫 덕제德濟가 묘정비廟庭碑를 세웠는데 비문은 본암本菴[김종후]이 지었다.

이 비문을 두고 마을의 대성大姓과 사족土族들의 논의가 거세게 일어났다. 비문에 성리학性理學의 도통道統을 차례대로 기록하면서 회재晦齋[이언적]선생을 기록하지 않은 것은 본암本菴의 과실이라 하였고, 이어 그렇게 쓰도록 종용한 덕제의 허물도 따졌다. 덕제가 어쩔 수 없이 본암에게 개찬改撰을 청하자, 본암이 제현諸賢을 차례로 나열했던 기록을 삭제하고 다만 '예닐곱 분이 나왔다'라고만 써서 비석에 그대로 새겼다.

그러나 사론土論은 여전히 '예닐곱 분이 나왔다'고 한 '예닐곱' 중에 또 회재를 넣지 않으려는 뜻이 포함되어 있다고 여겼다. 여론은 한층 더 거세지더니, 노선국盧宣國이 도끼로 비문을 찍어 본암의 이름을 깎아내 버렸다. 정씨鄭氏[정덕제]는 감사에게 고소하여 노선국을 함양咸陽 옥에 가두게 하였다. 지금까지 두세 명의 감사를 거쳤지만, 모두 이 사건을 해결하지 못하였다.

정씨의 말에 의하면, '고을 내 사족土族의 조상들 가운데 이 서원書院의 창건에 공적이 있는 이가 많은데, 비문에는 다만 강개암姜介菴[강익]만을 일컫고 다른 사람은 조금도 언급되지 않았으므로 쟁론爭論이 일어났다.'라 하고, 사족士族들의 말에 의하면, '정씨가 사림士林과 논의하지 않고 한밤중에 몰래 이 비를 세웠으니 공론이 좋지 않다.'고 하였다.[13]

이덕무의 서술에서 드러나듯, 김종후가 지은 「남계서원묘정비문」은 두 가지 내용의 판본이 있다. 이덕무의 『청장관전서』에 실려 있는 「묘정비문」이 첫 번째 판본이고, 이종후의 『본암집』에 실려 있는 「남계서원묘정비문」은 이 첫 번째 비문 내용에 문제가 있다고 함양 사림에서 비판하자 그 내용 일부를 수정한 것으로 두 번째 판본이다. 결국 묘정비는 수정된 내용으로 세워졌지만, 그럼에도 불구하고 논란은 계속되었다. 먼저 수정하기 전 특히 논란의 대상이 되었던 비문의 내용부터 살펴보면 다음과 같다.

그 후 우뚝하니 이 도道를 제창하여 중국에서도 추락된 도통道統을 이은 것은, 실로 한훤당寒暄堂 김선생[김굉필]과 일두一蠹 정선생[정여창]에서 시작되었다. 이를 이은 정암[조광조]·퇴계[이황]·율곡[이이]·우계[성혼]·사계[김장생]·우암[송시열]·동춘[송준길] 등 여러 선생이 대대로 일어나 지금에 이르기까지 크게 빛나고 있으니, 천하 도통의 전수는 우리에게 돌아오게 되었다. 아, 훌륭한 일이다.[14]

이 내용에서 문제가 되는 부분은, 성리학의 도통을 열거하면서 이언적李彦迪(晦齋, 1491~1553)을 제외했을 뿐만아니라, 이이李珥(栗谷, 1536~1584)와 성혼成渾(牛溪, 1535~1598)·김장생金長生(沙溪, 1548~1631)·송시열宋時烈(尤菴, 1607~1689)·송준길宋浚吉(同春堂, 1606~1672)로 이어지는 율곡학파의 중심인물을 열거하고 있다는 점이다. 이점에서 이 비문을 지은 김종후, 곧 노론계열의 시각이 분명하게 드러나고 있으며, 이러한 묘정비를 마당에 세운 서원이 어떤 서원인지 그 성격을 분명하게 표명해 보여주고 있는 것이다. 이덕무의 기록에서 나타나듯, 함양 사림이 제기하는 비판은 율곡학파의 중심인물로 도통의 계보를 설명하고 있는 점이 아니라, 그 도통의 계보에서 이언적이 제외되고 있다는 점이다. 이것은 여러 가지 사실을 함축하고 있는 듯이 보인다. 어쨌든 이처럼 함양 사림이 비문 내용에 대해 비판적이자 정덕제는 김종후에게 비문을 수정해 줄 것을 요청하여 다음과 같이 정암·퇴계·율곡·우계·사계·우암·동춘을 직접 거론하지 않는 것으로 내용이 바뀌게 되었다.

그 후 우뚝하니 이 도道를 제창하여 중국에서도 추락된 도통道統을 이은 것은, 실로 한훤당寒暄堂 김선생[김굉필]과 일두一蠹 정선생[정여창]에서 시작되었다. 이를 이어 예닐곱 분의 노선생이 대대로 일어나 지금에 이르기까지 크게 빛

묘정비문의 문제가 되었던 부분

나고 있으니, 천하 도통의 전수는 우리에게 돌아오게 되었다. 아, 훌륭한 일이다.[15]

　김종후의 문집인『본암집』에 실려있는 것은 이렇게 수정된 비문이다. 하지만 이렇게 수정한 내용으로도 함양 사림의 비판을 잠재울 수는 없었다. 결국 '예닐곱 선생'으로 표기한 것은 이언적을 제외하기 위한 의도가 숨겨져 있다고 본 것이다. 또한 남계서원을 건립할 때 여러 사

람이 직간접적으로 간여했음에도 불구하고, 비문에서는
유독 강익의 이름만을 언급함으로써 다른 집안의 공분을
불러일으킨 점도 깊이 작용했으리라 짐작된다. 바로 이
러한 여러 이유들로 노진의 후손인 노선국이 도끼로 비
문에 새겨진 김종후의 이름을 찍어 지워버리는 일이 벌
어졌고, 또 그 일로 재차 송사가 발생하기도 하였다.

문중서원화의 진행

그런데 이 묘정비의 건립과 그 후의 여러 사건에서 드
러나듯, 이 시기의 남계서원이 단순히 노론계 서원으로
의 전환만이 이루어진 것은 아니다. 함양 사림들에게 쉽
게 수용되기 어려웠던 내용의 묘정비가 남계서원의 마당
에 세워졌고, 그것으로 인해 송사가 일어날 만큼 깊은 갈
등의 골이 생겨났다는 사실에서 보자면, 묘정비가 세워
지는 과정에서 남몰래 '밤중에 비를 세웠다'는 비판이 나
올 만큼 함양 사림들과의 논의가 전혀 혹은 충분히 이루
어지지 못했다는 사실이 짐작된다. 그것은 곧 이러한 내
용의 묘정비가 서원의 마당에 세워지는데 정여창의 후손
인 정덕제가 주도적인 역할을 담당했다는 사실에서 보자
면, 묘정비는 함양 사림들의 논의를 통해서가 아니라, 정
덕제의 독단적인 결정에 의해 이루어졌던 셈이다. 그리
고 바로 이점에서 남계서원은 한편으로 노론 서원화와
함께 문중서원화 역시 거의 동시에 진행되었다고 이해할

풍영루 전경

수 있다.

　그리고 남계서원의 문중서원화는 1820년(순조 20) 정
여창의 현손인 정홍서를 별묘에 제향하는 모습으로도 나
타난다. 그의 별묘 제향은 함양 사림의 공의에 따른 것
이라기보다는 정씨 문중이 주도한 것이었다. 이러한 남
계서원의 문중서원화 경향은 그 뒤에도 지속되었는데,
그것은 1849년(헌종 15)에 서원의 문루인 풍영루를 후손
인 정환필鄭煥弼(履歷, 1798~?)이 중건한 점에서도 확인
된다. 그만큼 후손들이 서원 운영에 적극적으로 간여하
였던 것이다.

　전반적으로 본다면, 임진왜란 이래 광해군 정권 아래
에서 남계서원은 북인계 성향을 보여주었지만, 인조반정

이후에는 다시 남인계 서원으로 그 성격을 전환해 간 것으로 이해된다. 여기에서 그치지 않고, 남계서원은 18세기 중반이후에는 노론계 서원으로의 변화가 진행되었고, 동시에 18세기 후반부터는 당시의 일반적인 경향이었던 문중서원화의 추세 역시 비켜가지 못하였다고 이해된다. 앞의 논의를 종합해서 남계서원의 주요 연혁을 정리해 보면 다음과 같다.

남계서원의 주요 연혁

1552년 명종 7 강익, 박승임, 정복현, 임희무 등이 서원 건립을 논의

1559년 명종 14 강당 완공

1561년 명종 16 사묘 완공, 위패 봉안

1564년 명종 19 동재와 서재 완공, 연지 등의 조경과 당호 편액

1566년 명종 21 남계서원으로 사액

1570년 선조 3 전사청 등 건립

1597년 선조 30 정유재란으로 서원 소실, 위패 임시 봉안

1603년 선조 36 나촌으로 이건 준비

1605년 선조 38 사우 이건 완료, 위패 봉안

1606년 선조 39 천곡川谷·금오金烏·쌍계雙溪(도동서원)와 함께 재사액

1612년 광해군 4 남계의 구지로 서원 다시 이건

1634년 인조 12 강익의 위패 남계서원 별묘에 봉안

1642년 인조 20 유호인, 정온을 별묘에 병향, 남인계 서원으

로 성격 변화

1677년 숙종 3 정온을 별묘에서 정사로 승배陞配

1689년 숙종 15 강익을 별묘에서 정사로 승배

1728년 영조 4 이인좌의 난에서 하동정씨가 공을 세우며 노
　　　　　론계 서원, 문중 서원으로 성격 변화

1779년 정조 3 정덕제가 노론 관료 김종후에게 청탁하여 묘
　　　　　정비문을 받아 묘정비를 건립, 노진의 후손인
　　　　　노선국이 도끼로 비문을 찍어 김종후의 이름
　　　　　을 파내는 묘정비사건 발생

1820년 순조 20 별묘에 정여창의 후손 정홍서 추향

1841년 헌종 7 정여창의 후손 정환필 주도로 풍영루 건립

1847년 헌종 13 풍영루 소실

1849년 헌종 15 풍영루 중수

1868년 고종 5 서원 철폐령에 따라 별묘 훼철

1922년 장판각 중건

1935년 서원지 간행

남계서원의 제향 인물들

앞에서 우리는 남계서원의 역사적 전개과정을 비교적 상세하게 살펴보았다. 그런데 서원은 역사적 전개만으로 온전히 이해되는 것은 아니다. 흔히 특정 서원의 성격이나 지향은 서원의 인물 곧 제향 인물들에 의해서 구체화되어 나타난다. 다시 말해서 서원의 제향인물이 어떤 인물이냐에 따라 서원의 성격과 특징이 확연하게 구분된다고 말할 수 있는 것이다. 특히 국난을 극복한 장군이나 의병장 등을 제향하는 서원과 현달한 지역 출신 관료를 제향하는 서원, 그리고 학문적인 성취를 보인 학자를 제향하는 서원은 그 설립취지나 교육적 지향에서 분명한 차이를 보일 수밖에 없을 것이라고 쉽게 예상된다. 이제 남계서원의 성격을 결정하는 서원의 제향 인물들에 대해 살펴보자. 주벽인 정여창을 비롯해서, 정온과 강익 그리고 별사에 제향되었던 유호인과 정홍서의 삶을 이해해보자.

1. 스스로를 한 마리 좀 벌레라 부른 정여창

김굉필金宏弼(寒暄堂, 1454~1504)·조광조趙光祖(靜庵, 1482~1519)·이언적·이황과 함께 흔히 동방오현으로 꼽히는 정여창의 본관은 하동河東이고, 자는 백욱伯勗이며, 호는 일두一蠹이다. 그는 1450년(세종 32) 경남 함양의 덕곡리德谷里 개평촌介坪村에서 뒷날 한성부좌윤漢城府左尹에 추증된 정육을鄭六乙과 경주최씨의 3남 1녀 중 장남으로 태어났다. 그의 집안은 누대로 하동에서 살았으나 함양으로 옮겨온 것은 그의 증조부 판종부시사判宗簿寺事를 지낸 정지의鄭之義였다. 그리고 그의 부친이 의주통판義州通判으로 있을 때 당시, 명明나라의 사신 장녕張寧이 11세인 그를 눈여겨보자 정육을이 아들의 이름을 지어줄 것을 부탁하였다. 그러자 장녕이 '여창汝昌'이라는 이름을 지어주며, 이름을 풀이한 '설說'을 써 주었다고 전한다.

16세에 도평군桃平君 말생末生의 딸과 혼인하였는데, 슬하에 2남 4녀를 두었다. 18세 때 부친은 함길도咸吉道 병마우후兵馬虞侯가 되어 이시애李施愛의 난을 평정하다

하동 악양정

전사하였다. 난이 평정된 뒤 그는 아버지의 시신을 찾아 고향 함양에 돌아와 상을 치뤘다. 상을 마치자 조정에서 공신의 아들이라 하여 정여창에게 군직軍職을 제수하였으나 그는 "아비의 죽음으로 자식이 영화를 누릴 수 없다"며 끝내 사양했다. 21세 때부터 경기도 이천에 살고 있던 이관의李寬義의 문하에서 수학하기도 하였는데, 그로부터 적지 않은 영향을 받았던 것으로 전해진다.

하지만 그의 본격적인 성리학 입문은 1471년 부임하여 5년 동안 함양군수로 있었던 김종직의 문인이 되고 나서였다. 이때가 대체로 그의 나이 23세를 전후한 시기라고 판단된다. 그리고 24세 때에는 두 동생과 함께 하동의 지리산자락에 있는 '악양정'에서 학업에 몰두하였고, 28세에는 다시 스승 김종직과 함께 한양으로 올라가 그의 문하에서 수학하였다. 이때를 전후하여 그는 스스로 '일두一蠹'라 자호自號하였는데, 그것은 정이程頤(伊川, 1033~1107)의 다음과 같은 말에서 따온 것이다.

농부가 추위와 더위를 무릅쓰고 논밭을 갈고 김을 매가며 온갖 곡식을 농사지으니 내가 그것을 먹고, 여러 기술자가 물건들을 만들어서 내가 그것을 사용하며, 군사들이 갑옷에 무기를 들고 나라를 지키니 내가 편안히 지낸다. 나는 그저 세월만 보내고 있으니 **천지간에 한 마리 좀 벌레와 같다.** 공과 은택은 백성들보다 못하고, 다른 일은 할 줄을 모르니, 다만 성인聖人이 남긴 글을 모아 엮어서 보충이 되기를 바랄 뿐이다.[16]

31세인 1480년 조정에서 천거를 받아 성균관에서 경서를 강론하도록 맡겼지만, 학문이 완성되지 않았다는 이유로 나가지 않았다. 1483년(성종 14) 비교적 늦은 나이인 34세에 그는 진사시에 합격하여 성균관에 들어갔다. 그러나 곧 모친상을 당하여 고향에 내려와 3년 간 여막에서 무덤을 지켰다. 그리고 1489년 4월에는 김일손과 함께 16일 동안 지리산을 유람하고 「악양岳陽」이라는 제목의 다음과 같은 시를 남겼다. 이것은 평소 사장詞

章을 가까이 하지 않았던 정여창이 남긴 유일한 시이
기도 하다.

「악양」
바람에 부들은 한들한들 가볍게 하늘거리고
사월의 화개에는 벌써 보리가 익어가네
두류산 천만봉을 남김없이 다 둘러보고
조각 배 타고 다시 큰 강 따라 내려가네[17]

지리산 유람을 마치고 내려온 정여창은 진주의 강혼
등과 함께 형조판서로 있다가 신병으로 고향에 내려와
있던 김종직을 찾아가 보름 동안 함께 학문을 논하였다.
그 후 1490년(성종 21) 12월 41세 때에 문과별시 병과
에 급제하여 예문관 검열檢閱을 지내다가 1493년 시강원
설서侍講院說書로 옮겨 뒷날 연산군이 될 세자를 가르쳤
지만, 그는 사부인 조지서趙之瑞(知足堂, 1454~1504)나 정
여창 등을 좋아하지 않았다. 그러자 정여창은 이듬해인
1494년(성종 25) 외직을 자청하여 경상도 안음현감으로
나가 4년 동안 재임하였다. 또 이 기간 동안 그는 그의
학통을 이은 노우명盧友明(信古堂, 1471~1523)과 같은 걸
출한 제자를 길러내기도 하였다.
안음현감으로 재직하던 정여창은 1498년(연산군 4) 동
문 김일손이 스승인 김종직의 「조의제문」을 사초에 기록

청계정사에 세워진 청계서원

한 것이 발단이 되어 무오사화가 일어나자 김종직의 문도라는 이유로 연좌되어 체포되었다. 『일두선생유집―蠹先生遺集』에는 무오사화가 일어나기 한 달 전, 곧 1498년 6월 함양의 청계정사에서 정여창과 김일손의 만남을 다음과 같이 기록하고 있다.

6월에 탁영이 내방來訪하였다. 그리하여 청계정사靑溪精숨에 함께 머물렀다. 탁영이 선생과의 종유從遊를 좋아하고 또 남계濫溪의 뛰어난 경치를 사랑하여, 일찍이 사람을 보내 터를 잡아 이 정사精舍를 짓게 하고 선생에게 그 편액을 쓰게 하니, 청계정사라 하였다. 이때에 이르러 탁영이

내방하였는데, 마침 병환이 있어서 정사에서 조리調理하며 요양하였다.[18]

7월에 무오사화가 일어나 체포되기 전, 이들은 운명처럼 함께 청계정사에서 만남을 가졌던 것이다. 그리고 여기에서 체포되어 한양으로 압송되었다. 그 후 6년 전인 1492년에 이미 사망했던 김종직은 부관참시되었고 정여창은 곧장 1백대에 3천리 밖인 함경도 종성으로 귀양보내졌다. 정여창은 이곳에서 7년 동안 귀양살이를 하면서 이윤검(1451~1520)의 아들 이희증李希曾(月暉黨, 1486~1509)과 고숭걸高崇傑 등의 제자를 기르기도 하였다.

1504년(연산군 10) 4월 마침내 그는 향년 55세로 유배지인 종성에서 사망하였다. 그 후 그의 시신은 가족과 문인들에 의해 수습되어 고향인 함양에 묻혔지만, 그 해 10월 갑자사화의 여파로 그의 무덤은 파헤쳐지고 시신은 다시 부관참시의 화를 당하였다. 그러나 정여창이 사망한 지 2년 만에 중종반정이 일어남으로서 정국은 일변하여 정여창은 신원되었고, 1507년(중종 2)에는 무오사화와 갑자사화에 연좌되어 죽음을 당한 이들의 관작이 회복되었다. 정여창은 통정대부승정원도승지 겸 경연참찬관상서원정에 추증되었고, 1517년(중종 12)에는 다시 우의정이 증직되었으며, 1575년(선조 8)에는 '문헌文獻'이라는 시호가 내려졌다. 그리고 1610년(광해군 2) 마침내 문묘文廟에 배향되었다. 또한 남계서원 외에 거창의 도산서원道山書院, 합천의 이연서원伊淵書院, 상주의 도남서원道南書院, 안의의 용문서원龍門書院, 나주의 경현서원景賢書院, 종성의 종산서원鍾山書院, 아산의 인산서원仁山書院, 하동의 영계서원永溪書院 등에 제향되었다.

정여창의 삶과 무오사화

정여창의 삶에 대한 이해는 무오·갑자사화와 무관할 수 없다. 그만큼 사화 특히 4대사화 가운데 첫 번째인 무오사화는 그의 삶을 결정한 사건이라고 할 수 있을 것이다. 따라서 그의 삶을 이해하기 위해서는 무오사화에 대한 선 이해를 필요로 한다. 먼저 무오사화가 일어나게 되는 뿌리까지 거슬러 올라가 살펴보자.

태종으로부터 세조 때까지 본격적으로 정비되기 시작한 조선의 국가체제는 성종 때에 이르러 완성단계에 접어들었다. 『경국대전』의 반포와 관리들이 실시하던 수조권收租權을 국가에서 직접 시행하는 관수관급제官收官給制 등의 제도가 실시되면서, 조선의 체제는 일정 궤도에 오르게 되었던 것이다. 하지만 다른 한편으로 조선건국으로부터 성종 때까지 약 70여 년 동안 정치적 격변기를 겪으면서 양산된 공신 등으로 인해 권력은 지나치게 훈구세력에 집중되어 있었다. 사림파가 중앙정계로 진출할 수 있었던 것에 대해 어떤 학자는 단순히 성종이 학문을

숭상하였기 때문이라는 소박한 시각을 제시한다.[19]

하지만 이것 보다는 1469년 어린 나이에 왕위에 오른 성종이 세조 이래 실권을 장악하고 있던 훈구세력을 견제하고, 왕권을 강화하기 위해 1476년(성종 7) 친정親政을 시작하면서 사림세력을 적극적으로 등용하였다고 보는 것이 보다 사실에 가까울 것이다. 성종은 왕권 강화에 도움을 줄 친위세력, 혹은 훈구세력을 견제해 줄 또 다른 세력이 필요했던 것이다. 그리고 바로 이러한 성종의 의도대로 새로운 세력이 중앙 정계에 등장하면서부터 정치·경제·사상 등 여러 면에 걸쳐 기존 권력의 중심이었던 훈구파와 새롭게 권력 기반을 마련해야 했던 사림파의 갈등이 시작될 수밖에 없었다고 볼 수 있다.

보다 구체적으로 훈구세력은 예종대와 성종 초년에 걸쳐 세조의 비妃인 정희왕후貞憙王后의 수렴청정기간 동안 남이南怡, 구성군龜城君 등 반대파를 제거하고 권력을 장악했다. 그러나 이들에게 권력이 집중되면서 절대 권력이 절대적으로 부패하듯 그 부패상을 드러내고 있었다. 세종대 이후 훈구관료층에 의한 토지겸병의 확대는 그들의 권력 장악과 깊은 상관관계를 가진 것이었다. 반면 사림파는 기본적으로 지방의 중소지주 계층으로, 훈구관료층의 토지겸병에 대해 비판적일 수밖에 없었다. 또한 이들은 사상에 있어서도 사장詞章보다는 주자학적 윤리규범의 실천에 치중하였다. 향사례鄕射禮·향음주례鄕飮酒

맑은 강물 같은 문화의 흐름 灆溪書院

禮 등의 보급운동과 유향소留鄕所 재건운동을 통해 향촌에서 주자학적 질서를 실현하려 노력했을 뿐만 아니라, 중앙정계에 진출하여 그들의 주자학적 이념의 실현을 추구하였다.

이와 같은 사림세력의 정치·경제·사상적 지향은 성종의 왕권강화 노력과 결합되면서 김종직을 시작으로 그 제자들인 김굉필·정여창·김일손 등이 중앙정계에 진출하게 되었던 것이다. 이렇게 사림파가 급속히 성장하자, 권력을 장악하고 있던 훈구세력은 위협을 느낄 수밖에 없었고, 이러한 측면에서 훈구파와 사림파의 대립은 필연적인 것이었다.

특히 사림파는 성종 때부터 주로 사간원·사헌부·홍문관 등에 진출하여 언론과 문필을 담당하면서 유자광柳子光(1439~1512)·이극돈李克墩(四峯, 1435~1503)·윤필상尹弼商(1427~1504) 등 집권 훈구세력을 비판했다. 사림을 중용한 성종의 재위기간 동안 훈구파는 사림파의 이러한 비판에 대해 적극적인 반응을 보이지 못하였지만, 연산군의 즉위를 계기로 상황은 급변하게 되었다. 그리고 마침내 연산군 즉위 4년 만인 1498년 첫 번째 사화인 무오사화가 일어났다. 무오사화의 직접적인 도화선이 되었던 것은 당시 춘추관 기사관記事官이었던 김일손이 사초에 실었던 김종직의 「조의제문弔義帝文」이다. 먼저 「조의제문」이 어떤 내용과 형식으로 구성되어 있기에 이러한 비극적인 사건을 불러일으키게 되었는지 부터 살펴보자.

1457년(세조 3) 10월에 당시 27세였던 김종직은 고향 밀양에서 경산京山(지금의 경북 성주星州)으로 가다가 답계역踏溪驛(지금의 성주읍 학산리)에서 하룻밤 숙박했는데, 그 날 밤 꿈에 신인神人이 칠장복七章服을 입고 나타나 전한 말을 듣고 지은 글이 바로「조의제문」이다.「조의제문」은 '의제義帝를 조문하는 글'이란 뜻으로, 의제는 항우에게 죽음을 당한 초나라 회왕懷王을 가리킨다. 또한 이것은 서초패왕 항우項羽를 세조에, 의제義帝를 단종에 비유해 세조의 왕위찬탈을 비난한 내용이기도 하다.「조의제문」은 세조 3년에 쓰였지만 정작 문제가 된 것은 41년이 지난, 그래서 그 글을 지은 김종직 역시 이미 사망하여 6년이나 지난 1498년(연산군 4) 무오년의 일이었다.

사화의 불씨,「조의제문」

김종직의「조의제문」은 다음과 같은 서문으로 시작된다. 여기에서 그는 왜 '의제를 조문하는 글'을 쓰게 되었는지를 설명하고 있다.

"정축년(1457), 세조 3년에 나는 밀성(밀양)에서 경산(성주)으로 가다가 답계역에서 하룻밤을 묵었다. 그 날 밤 꿈에 한 신인神人이 칠장복을 입고 의젓한 모습으로 나타나 말하기를 '나는 초나라 회왕懷王(義帝) 심心인데, 서초패왕

항적項籍(項羽)에게 시해되어 침강에 잠겨있다'라고 말하고
는 홀연히 사라져 보이지 않았다. 나는 깜짝 놀라 깨어 '회
왕은 중국 남방의 초나라 사람이고 나는 동이東夷 사람이
니, 땅이 서로 만여 리나 떨어져 있고 시대 또한 천여 년이
나 떨어져 있는데 그가 내 꿈에 나타난 것은 대체 무슨 징
조일까? 또 역사를 상고해 보아도 강에 던져졌다는 말은
없는데 어찌 항우가 사람을 시켜서 비밀히 살해하여 그
시체를 강에 던졌을까마는 이것도 알 수 없는 일이다'라
고 생각하였다. 결국 글을 지어 이를 조문한다.[20]

칠장복七章服

면복冕服은 고대 중국에서 남자가 입는 최고 등급의 예복을
말한다. 황제의 면복은 12개의 류가 달린 면류관에 12개의 장
문章紋이 있는 12류면 12장복, 황태자와 왕의 면복은 9류면 9
장복, 왕세자의 면복은 8류면 7장복, 왕세손의 면복은 7류면
5장복이었다. 김종직의 꿈에 신인이 입고 나온 칠장복은 왕
세자가 입던 옷을 가리킨다.

김종직이 「조의제문」을 지은 때는 사육신이 주도했던
단종복위운동이 실패한 뒤였다. 즉 단종이 상왕에서 노
산군으로 강등된 후 강원도 영월에 유배되어 살해되었던
때이기도 하다. 그러므로 그가 왜 「조의제문」을 지었는지
는 이러한 시대적 배경 속에서 분명하게 이해된다. 아래
는 「조의제문」의 전문이다.

오로지 하늘이 사물의 법칙을 마련하여 우리 인간에게 주었으니, 사대四大(天, 地, 道, 王)와 오상五常(五倫)을 높일 줄 모르는 사람이 그 누가 있겠는가? 이것을 중국사람에게만 풍부하게 주고 우리나라 사람에게는 인색하게 주지 않았을 것이며, 어떻게 옛날 세상에만 있었고 지금 세상에는 없겠는가? 그러므로 나는 동쪽 나라에서 태어난 사람이고 또 천 년 후의 사람이지만, 삼가 초나라 회왕을 조상하노라. 옛날에 조룡祖龍(진시황)이 어금니와 뿔을 휘두르자 사해의 물결이 모두 핏빛이 되었으니, 비록 전어·상어·미꾸라지·고래 같은 고기들이 어찌 스스로 보존하겠는가? 그저 그물에 빠져 나올 것을 생각하여 바쁘게 날뛰었을 뿐이었다. 그 당시 6국의 후손들은 영락零落하여 다른 곳으로 몸을 피해 겨우 평민으로 지냈다. 항량項梁은 남국南國(초나라) 무장의 자손으로 진승과 오광의 뒤를 이어 난을 일으키고, 패망한 왕을 찾아내어 백성의 여망에 따라 제사가 끊겼던 웅역熊繹(초나라)의 후사를 보존하게 하였다. 건부乾符를 잡고 왕위에 오르니 천하에 진실로 미씨羋氏의 성씨보다 높은 이가 없었다. 장자(劉邦)를 보내어 관중에 들어가게 하였으니, 또한 족히 그 인의를 볼 수 있었다. 항우는 모질고 사나워서 행동이 인도에 벗어나고 탐욕스러워서 관군을 함부로 죽였는데도 어찌 그를 잡아서 처형하지 못하였던가? 아아 형세가 크게 그렇지 못하였던 것을 나는 회왕을 위해 더욱 두려워한다. 항우에게 제물이 된 뒤에 후회하였으니, 과연 천운이 어긋난 일이었다. 침郴의 산이 높아서 하늘에 닿으니 햇빛이 뉘엿뉘엿 저물려 하며, 침의 물이 밤낮으로 흐르니 물결이 넘쳐서 돌아오지 않는다. 하늘과 같이 길고 땅과 같이 오랜 한이 그 어찌 다하겠는가? 혼령은 지금도 오히려 정처 없이 헤매고 있으리라. 내 마음이 금석을 뚫을 만하였으므로 회왕이 꿈에 보인 것이로다. 주자紫陽의 노필법老筆法을 따르려 하지만 생각하건대, 불안하고 조심스럽기 그지없다. 운뢰雲罍를 들어 술을 땅에 부으니 영령이 와서 흠향하기를 바라노라.[21]

1494년 성종이 사망한 후, 4년 만인 1498년 『성종실록』을 집필할 실록청實錄廳이 개설되어 편찬이 시작되자 실록청의 당상관으로 임명된 이극돈은 사초에 실려 있는 「조의제문」이 세조의 왕위찬탈을 비방하는 것이라고 지목하고 이 사실을 유자광에게 알렸다. 유자광은 노사신 盧思慎(葆眞齋, 1427~1498)·한치형韓致亨(1434~1502)·윤필상·신수근慎守勤(所聞堂, 1450~1506) 외에 당시 사림파로부터 탄핵을 받고 있던 외척과 함께 김종직·김일손이 대역大逆을 꾀했다고 연산군에게 보고했다.

연산군은 김일손·이목·허반 등을 보름간 직접 심문한 끝에 김종직과 그의 문인들을 대역죄인으로 치죄했다. 당시 이미 사망한 김종직은 대역의 우두머리로 부관참시에 처해졌을 뿐만 아니라, 생전에 지은 저서들이 불살라졌으며, 그 제자인 김일손·이목李穆(1471~1498)·허반許磐(?~1498)·권오복權五福(睡軒, 1467~1498)·권경유權景裕(痴軒, ?~1498) 등은 처형되었다. 그리고 표연말表沿沫(藍溪, 1449~1498)·홍한洪瀚(頤窩, 1451~1498)·정여창·이주李胄(忘軒, 1468~1504)·김굉필·이계맹李繼孟(墨谷, 1458~1523)·강혼姜渾(木溪, 1464~1519) 등은 「조의제문」의 내용에 동조했거나 김종직의 문도로서 당을 이루어 국정을 어지럽혔다는 죄로 곤장을 맞고 귀양 보내졌다. 또한 이들을 변호하거나 김종직의 관작만을 빼앗자고 주청한 대간臺諫들도 모두 죄인으로 지목되었고, 어세겸魚世謙(西川, 1430~1500)·이극돈·유순柳洵(老圃堂, 1441~1517) 등은 김일손의 사초를 확인하고도 즉시 보고하지 않았다는 이유로 삭탈관직되었다.

이러한 무오사화의 결과 사림파는 큰 타격을 받고 성종대 이래 중앙정계에서 확보했던 입지를 상실하였다. 사화로 대부분의 사림파 인물들이 처형되거나 유배되었을 뿐만 아니라 연산군의 전횡과 훈구파의 권력장악으로 그들이 확보했던 위치는 사라져 버린 것이다. 그 뒤에도 연산군과 중종의 재위 동안 사림파는 갑자, 기묘, 을사 등의 연이은 사화를 겪으면서 훈구파의 집중적인 견제를 받았다. 그러나 사림은 향촌의 서원과 향약을 기반으로 조선 성리학의 중심 흐름으로 자리 잡아 나갔으며, 정치적으로도 선조 때에 이르러서는 마침내 국정의 주도권을 장악하게 되었다.

정여창의 저술과 특징

이와 같이 사화에 희생된 정여창의 주요저술에는 『용학주소庸學註疏』, 『주객문답설主客問答說』 그리고 『진수잡저進修雜著』가 있었던 것으로 전해진다. 하지만 무오사화 때 후환을 두려워하여 집안에서 모두 불태워 버려 현재 전해지지 않는다. 다만 지금까지 전해져 오고 있는 그의 성리학관련 글에는 1880년대 경상도 현풍 곽효근郭孝根의 집에서 발견한 「리기설理氣說」·「선악천리론善惡天理論」·「입지론立志論」이 있는데, 학자에 따라서는 이것이 정여창 본인의 글인지 의심하기도 하지만, 또 그것이 그의 글이라고 하더라도 단편적인 문장이어서 그의 성리학에 대한 이해 수준과 학문경향을 대강 짐작할 수 있을 뿐이다.

특히 그는 주자의 중용장구에 나온 '기가 형상을 이루고 리 또한 부여되었다氣以成形理亦賦焉'는 말을 비판하여 "어찌 기 뒤에 리가 있겠는가安有後氣之理乎"라고 말했다. 뒷날 권필이나 남효온과 같은 학자들은 정여창의 이 말을 "리기에 선후가 없다理氣無先後"는 주자학의 명제를 통해 비판하고 있다. 하지만 어떠한 측면에서든 리의 주재성과 우선성을 긍정하고 있는 정여창의 이러한 관점에서 뒷날 가치론적인 측면에서 리의 능동성을 긍정하는 퇴계학으로 이어지고 있는 실마리를 발견하게 된다.

이 밖에 정여창에게서 주목되는 것은 그의 유명한 반시론反詩論이다. '시詩란 성정性情에서 발로하는 것'이라고 생각한 그는 시로써 성정性情자체를 갈고 닦고, 함양하는 건 몰라도, 단순히 문장이나 글쓰기로서의 시쓰기는 성정의 왜곡이라고 주장한다. 그는 평생에 시詩라고는 단 한 편만 남겼을 정도였다. 시는 이성을 갈고 닦는데 방해가 된다고 생각했던 것이다. 이처럼 풍류와 낭만 등 종래의 사장학적인 면들을 배제하려는 사유가 그의 반시론에서 확인된다.

김종직의 문하에는 많은 유학자들이 배출되었지만, 주자학에 대한 이해에 가장 충실했던 사람은 김굉필과 정여창이라고 할 수 있다. 김종직의 문인 가운데 표연말·유호인·조위曹偉(梅溪, 1454~1503)·김일손·김맹성金孟性(止止堂, 1437~1487) 등은 서정적이고 사장적인 면이 강했다. 이에 비해 정여창·김굉필·권오복 등은 서사적이고 성리학적인 사유체계에 깊이 접근하였고, 특히 정여창은 김굉필과 더불어 주자학의 본령으로 접어들어 간 것으로 평가된다. 이것은 단순히 생활윤리규범, 혹은 문장 중심의 사장학과 경세학의 의미만을 가지고 있던 조선의 성리학이 이제 이들에 의해 그 윤리규범과 경세의 근거를 되물어 가는 철학적 영역으로 발걸음을 옮기게 되었음을 의미한다.

2. 대쪽같은 선비, 정온鄭蘊

지금까지 남계서원의 주벽인 정여창이 살던 시대와 그의 삶이 무엇을 지향했는지 이해해 보았다. 이제 방향을 바꿔 두 사람의 배향자 가운데 먼저 정온부터 살펴보자. 임진왜란과 정묘호란 그리고 병자호란을 겪으며 자신의 소신을 실천했던 대표적인 선비인 정온은 경상도 안음의 역동에서 태어났다. 자는 휘원輝遠이고, 호는 동계 외에 고고자鼓鼓子를 썼고, 본관은 초계草溪이다. 부친은 진사 정유명鄭惟明, 모친은 강근우姜謹友의 딸이자 남계서원을 세우는데 앞장섰던 강익의 누이였다.

조금 늦은 나이인 8세 때부터 부친에게서 글을 배우기 시작하였고, 21세 때인 1589년에 당시 가까운 고을인 합천군수로 재직하고 있던 이황의 고제 조목을 찾아 가르침을 받았다. 조식의 제자인 정인홍에게서도 배우는데, 「연보」에는 31세 때에 가야산으로 찾아간 것으로 기록되어 있다. 이렇게 본다면 그는 학맥에 있어서 당시 영남의 주요한 두 흐름, 곧 퇴계학파와 남명학파와 모두 관계를 맺었다고 말할 수 있을 것이다.

정온이 진사시에 합격한 것은 1604년 36세 때였고, 1610년(광해군 2)에는 문과에 급제하여 설서說書·사서·정언 등을 역임하였다. 그 사이 1611년 43세 때에는 성주로 정구를 찾아가 배움을 구하였다고 연보에 기록되어

모리재

있지만, 이미 10년 이전에 정구를 만났다는 사실을 이원
익에게 보낸 편지에서 밝히고 있다. 이 편지의 기록에 따
르자면 늦어도 32세 이전에 정구에게서 가르침을 받은
것으로 볼 수 있다.

하지만 1612년 44세 때에 영창대군永昌大君의 옥사가
일어났고, 그 이듬해 영창대군이 죽임을 당하자, 그 부당
함을 상소하면서, 영창대군을 죽인 강화부사 정항鄭沆의
참수斬首를 주장하다가 그 이듬해인 1614년 제주도 대
정大靜에 유배되어 10년간 위리안치되었다. 이 유배기간
동안 『덕변록德辨錄』과 「망북두시望北斗詩」·「망백운가望白

雲歌를 지어 애군우국愛君憂國의 뜻을 토로하였고 자신을 고고자鼓鼓子로 불렀다. 그는 학문을 게을리 하지 않았을 뿐만 아니라 제주 사람들에게 글공부를 가르치는 일에도 노력하였다. 이 때문에 제주에서는 정온을 제주 오현 중 한사람으로 추앙했다.

1623년 인조반정이 일어난 후 석방되어 사간원헌납司諫院獻納 겸 지제교知製敎에 등용되었다. 이어 사간·형조참판·대사간·이조참판·도승지·경상도관찰사·부제학 등을 역임하고, 1636년(인조 14) 병자호란 때 이조참판으로 김상헌金尙憲과 함께 화의를 반대하며, 화의를 주선한 최명길의 죄를 물을 것을 주장하였다. 하지만 결국 청나라에 굴복하는 화의가 이루어지자 칼로 자신의 배를 찔러 자결을 시도하였지만 실패하였다. 1637년 69세에 덕유산의 남쪽 골짜기인 거창의 모리로 낙향하여 은거하다가 5년 만인 1642년 73세로 사망하였다. 1652년에 자헌대부이조판서資憲大夫吏曹判書 겸 지경연의금부성균관사홍문관대제학예문관대제학세자좌빈객知經筵義禁府成均館事弘文館大提學藝文館大提學世子左賓客에 추증되었고, 1657년에 문간文簡이라는 시호가 내려졌다. 1694년에 숭정대부의정부좌찬성崇政大夫議政府左贊成에 증직되었다. 광주廣州의 현절사顯節祠, 제주의 귤림橘林서원, 함양咸陽의 남계서원에 제향되었다. 그가 마지막까지 은거했던 곳에는 그를 기리는 사당 모리재某里齋가 있고, 문집에 『동계문집桐溪文集』이 있다.

정온을 통해 북인계 서원이 남인계 서원으로

정온은 본래 유호인과 함께 1642년(인조 20) 남계서원의 별묘에 병향되다가, 1677년(숙종 3) 별묘에서 정사로 승배陞配되었다. 유호인과 함께 정온이 별묘에 병향된 것에는 남계서원의 성격변화가 함축되어 있다.

앞에서 이미 살펴봤듯이, 정온은 학문적인 사승에서 보자면, 정인홍과 조목, 그리고 정구라는 세 학자와 밀접한 관계를 맺고 있다. 대체로 정인홍과 조목은 거의 비슷한 시기인 20대 초반에, 그리고 정구는 30대 초반에 사제 관계를 맺은 것으로 확인된다. 정인홍은 당시만 하더라도 남명학파의 중심인물이었고, 조목은 이황의 고제였으며, 정구는 조식과 이황의 두 문하를 이은 인물로 볼 수도 있을 것이다. 이러한 관계에서 보자면 그 역시 정구와 마찬가지로 퇴계학파와 남명학파의 두 흐름을 계승한 것으로 이해된다.

하지만 학문적인 내용이나 특징에서는 남명학의 특징보다는 퇴계학의 특징을 좀더 강하게 보여주는 것이 사실이다. 이점은 이황에 대해 비판적이었던 정인홍과는 다른 그의 태도에서 뿐만 아니라, 학문적인 내용에 있어서 더욱 확연하게 드러난다. 예를 들어 조식이나 남명학파에서는 실천을 강조하다보니 결과적으로 저술이나 이론적인 학문탐구를 중시하지 않는 태도를 낳았지만, 그에게서 이러한 모습을 찾아보기 어렵다. 그가 제주도에 위리안치된 후, 문왕에서 진덕수에 이르기까지 곤경에 처해 있으면서도 바른 길을 잃지 않았던 인물 59명의 행적을 기록한 『덕변록』을 편찬한 것이나, 모리에 은거하면서 주희와 그 이후의 여러 유학자와 동방 오현의 언행을 모아 편찬하고자 하였던 『속근사록』 등의 저술 계획에서는 분명 조식이나 남명학파의 모습을 찾아보기 어렵다.

남명학파로부터의 영향은 학문적인 측면보다는 정치적 활동에 있어서 혹은 실천적인 측면에서 보다 뚜렷하게 확인된다. 정온의 정치적 활동이라는 측면에서 보자면 그는 분명 실천을 중시하는 남명학파의 특징을 잘 보여주고 있다. 그리고 그 정치적 활동의 배경이 되는 정치적 입장에 있어서도 그는 초장기 정인홍의 대북정권에 상당히 동조하는 모습을 보여주었다. 그것은 정인홍이 세자 문제로 유영경을 성토하다가 처벌을 받게 되었을 때, 정온이 정인홍을 옹호하고 유영경을 공격하는 상소를 올리는 모습에서 충분히 확인된다.

하지만 정인홍과 정온의 관계는 광해군이 즉위하며 북인정권이 들어서면서 금이 가기 시작하였다. 특히 1612년 44세 때에 영창대군의 옥사가 일어나자, 정인홍에게 편지를 보내 영창대군을 죽여서는 안 된다고 역설하였다. 하지만 그 이듬해 영창대군이 마침내 죽임을 당하자, 영창대군을 죽인 정항을 치죄하고 영창대군의 위호를 추복해야 한다는 내용의 상소를 올렸다. 이 상소의 결과 정온은 10년 동안의 제주도 유배생활을 해야 했다. 그리고 바로 이것이 계기가 되어 그는 이후 정인홍을 대표로 하는 대북 정권과 결별하고 남인의 당색을 보여주었다. 그리고 결과적으로 남명학파가 중심이 되었던 북인정권과 결별하고 남인의 당색을 보여주는 그의 태도는, 도리어 남명학파가 보여주고 있는 기본적인 특징, 곧 올곧게 실천을 중시하는 남명학파의 정신을 더욱 부각시켜 보여준다고 생각된다.

그리고 이렇게 남인의 당색을 보여주는 정온을 별사에서 제향하다가 마침내 정사에 승배하게 되는 것은 인조반정 이전 북인계 서원의 성격을 보여주던 남계서원이 정온과 유호인을 제향하는 서원이 됨으로써 마침내 남인계 서원으로 성격이 변화했음을 보여주는 증거가 되었던 것으로 이해된다. 즉 그가 보여주고 있는 정치적 성향에서의 남인계 성격이 남계서원의 성격을 남인계 서원으로 변화시켜주는데 일조하였던 셈이다.

3. 남계서원 건립의 주역, 강익姜翼

정온을 이어 이제 세 번째 제향인물인 강익을 살펴보자. 남계서원 창건의 주역이기도 한 그의 본관은 진주晉州이고, 자는 중보仲輔이다. 함양 효우촌孝友村에서 출생했다. 아버지는 승사랑承仕郎 경기전참봉慶基殿參奉을 지낸 근우謹友이며, 어머니는 남원양씨南原梁氏로 승사랑 응기應麒의 딸이다. 1544년인 22세에 부친상을 당하였고, 3년 뒤인 1547년에 25세로 초계변씨 참봉 변윤원의 딸과 혼인하였다. 혼인한 이듬해에 작은 재실을 지어 '숙야재夙夜齋'라 이름붙이고, 그곳에서 학문에 힘썼다. 숙야재에서 독서한 내용으로 지은 다음과 같은 시가 있다.

숙야재에서 주역을 읽다

등잔 아래에 옛 책을 펴놓고 보니
분명히 옛 성인의 얼굴 대한 듯하여라
밤이 깊어서 방문 열고 내다보니
눈도 달빛도 공산에 가득 하네[22]

이 한편의 시에서는 숙야재에서 밤이 늦도록 학문에 힘쓰는 그의 모습이 그려진다. 이렇듯 학문에 힘쓴 결과, 27세 때인 1549년 모친의 성화에 치른 진사시에 합격하였지만, 이후에는 과거를 단념하고 학문에만 열중

하였다.

29세 때인 1551년 조식이 화림동으로 왕림했을 때, 노진과 오건 등이 함께하는 자리에 강익 역시 참석하여 '유화림동遊花林洞'이라는 시를 남겼다. 그 내용은 다음과 같다.

남명이 옥계를 이끌고 와서
우리들 몇 사람을 함께 불렀네
방초 자라날 때라 산색도 좋은데
읊조리며 걷는 말머리도 가지런하네
달빛 연못에 발 씻기도 처음이니
용주에서 다시 시를 짓노라
이렇게 놀다가 헤어진 뒤에
꽃은 떨어지고 새만 울겠지[23]

강익과 조식이 언제 처음으로 만나게 되었는지는 분명하지 않지만, 최소한 기록으로 본다면, 이 화림동 회합에서 강익은 처음으로 조식을 직접 만났다. 그리고 조식과의 만남은 그 뒤 32세가 되던 1554년 덕천으로 조식을 찾아가 몇 달 동안 함께 생활하며 『논어』와 『대학』 등을 배우는 것으로 이어짐으로써 비로소 분명한 사제 관계를 확인할 수 있게 된다. 그리고 35세 때인 1557년에도 조식을 찾아가 몇 개월 동안 함께 기거하며 『주역』을 배우

산천재

기도 하였다.

덕천으로 조식을 찾아가기 2년 전, 30세였던 1552년에 강익은 지역의 유림들과 함께 남계서원의 건립을 의논하며 그 대역사를 시작하였다. 주위에서는 반대하는 의견이 분분하였지만, 지역 유림들을 설득하고, 지방 수령의 협조를 얻어내어 마침내 공사를 시작할 수 있었다. 서원의 건립을 시작하면서 그는 다음과 같은 시를 지어 정여창에 대한 추모의 마음과 함께, 왜 서원을 건립해야 하는지에 대한 자신의 생각을 표현하고 있다.

우리 도가 이미 꺼져감이 안타까운데
선생 귀양 가신지 몇 해 이던가
늠름한 유풍은 공경을 일으킬 만 하니

하지만 서원 건립을 적극적으로 도왔던 군수 서구연이 체임된 후, 후임으로 부임해 온 군수는 서원 건립에 소극적이었을 뿐만 아니라, 연이은 흉년으로 인해 강당의 지붕에 기와를 얹지 못한 상태에서 공사는 중단되어야 했다. 이렇게 서원 공사가 중단된 후, 그 이듬해에 오건과 함께 지리산을 유람하다가 등구동登龜洞을 발견하고, 그곳에 양진재養眞齋를 지은 후 그곳에서 원근의 학생들을 가르쳤을 뿐만 아니라, 김우옹 등과 학문을 논하였다.

37세 때인 1559년 마침내 새로이 부임한 군수 윤확의 적극적인 협조아래 서원 건축 공사가 다시 시작되어, 1561년에 강당과 사당 등을 완공하여 정여창의 위패를 봉안하였다. 하지만 원생들이 기거하는 동재와 서재가 따로 마련되지 않아 불편하던 차에 1564년 군수로 김우옹의 형 김우홍이 부임해 적극적인 지원을 함으로써 마침내 동재와 서재 역시 건축을 마무리하게 되었다.

남계서원이 사액된 이듬해, 곧 1567년 9월에 오건이 강익을 조정에 천거하여 소격서참봉昭格署參奉에 제수되었지만, 10월에 병으로 부임하지 못하고 향년 45세로 사망하였다. 처음 당주서원에 노진을 주벽, 강익을 배향으로 모시다가, 뒤에 남계서원 별사로 옮겨 모셨고, 1689년(숙종 15) 마침내 별묘에서 정사로 승배하였다. 저서로는 『개암집』 2권이 있다.

4. 별묘에 제향되었던 인물들

현재 남계서원에는 앞에서 살펴본 정여창을 주벽으로 강익과 정온을 제향하고 있다. 하지만 과거 남계서원에서 이들 3인만을 제향했던 것은 아니다. 1868년(고종 5) 서원 철폐령에 따라 훼철되기 전, 남계서원의 별묘에는 유호인과 정홍서가 함께 제향되고 있었다. 현재 남계서원에서 제향되고 있는 강익과 정온 역시 먼저 별묘에서 제향되다가 훗날 다시 정사로 승배된 경우였다. 이러한 측면에서 보더라도 별묘는 남계서원의 역사와 불가분의 관계를 맺고 있다는 사실이 확인된다. 따라서 비록 지금은 훼철되고 없지만, 과거 남계서원의 별묘에서 제향되었던 두 인물을 간단하게나마 살펴보는 것 역시 남계서원에 대해 이해하는 데 일조할 것이라 생각된다.

1) 청렴한 문장가 유호인

유호인은 정여창과 함께 김종직의 문하에서 수학하였다. 하지만 정여창이 김굉필과 함께 성리학에 대한 관심이 깊었다면, 유호인의 경우에는 사장학적 성격이 강하여 문장가로 이름을 날렸다. 그의 본관은 기계杞溪이고, 자는 극기克己이다. 장수에서 함양으로 이주해온 음蔭의 아들로, 수동면 우명리에서 태어나 함양읍 대관림 대수, 즉 함양상림에 연해있는 대덕리 죽장마을로 옮겨 살았다.

17세인 1462년(세조 8)에 생원과 진사 두 시험에 급제하였는데, 이 당시에 이미 그의 학문적 성향은 결정되어 있었던 것으로 짐작된다. 김종직과의 인연은 1471년(성종 2)에 김종직이 함양군수로 부임한 뒤, 이듬해부터 정여창, 김굉필 등과 함께 그의 문하에서 수학하면서 시작되었다. 29세 때인 1474년(성종 5)에 식년문과에 병과로 급제하여 홍문관수찬弘文館修撰에 오른 후, 1478년 사가독서賜暇讀書한 뒤 1480년에는 부모의 봉양을 위해 거창 현감으로 부임하였다. 그 뒤 공조좌랑을 지내고, 1486년에 검토관檢討官을 거쳐 이듬해『동국여지승람』의 편찬에 참여하였다. 홍문관교리로 있다가 1488년 의성현령으로 나갔다. 50세 때인 1494년 장령을 거쳐 합천군수로 재직 중 병사하였다.

집안이 청빈하여 그가 사망했을 때에는 장례를 치를 여력이 없을 만큼 가난했는데, 왕이 하사한 쌀과 콩, 종이 등의 부의로 장례식을 치렀다. 그리고 후임 합천군수 어득강魚得江이 유고의 출간과 함께 묘비를 세웠다. 무오사화가 일어나기 4년 전에 사망한 까닭에 사화로부터 직접적인 영향을 받지는 않아서, 900여 수의 시와 40여 편의 문장이 전해지고 있다. 선대가 고령에서 이거해서 살았던 장수의 창계서원蒼溪書院에 제향되었고, 1642년(인조 20)에는 정온과 함께 남계서원 별묘에 제향되었다.

2) 일두의 현손 정홍서鄭弘緖

정홍서鄭弘緖(松灘, 1571~1648)의 본관은 하동이고, 자는 극승克承이다. 현감을 지낸 정대민의 아들로 정여창의 현손玄孫, 곧 5대손이다. 한강 정구의 문인으로 33세 때 현릉 참봉에 임명되었으나 이듬해 모친상을 입어 사직하였다. 그 후 39세에 사마시에 급제하여 진사가 되었고 능전 참봉을 세 번이나 지냈지만 재직기간은 짧았다.

> **현손玄孫**
> 본인을 기준으로 후손을 가리키는 명칭은 다음과 같다.
> 본인 – 자 – 손자孫子 – 증손曾孫 – 고손高孫 – 현손玄孫 –
> 내손來孫 – 곤손昆孫 – 잉손仍孫 – 운손雲孫

1628년(인조 6) 문과 별시에 급제하여 성균관 학정에 올랐으며, 1629년에는 유곡도 찰방을 제수 받고 임지로 떠나기 전에 파직 당하여 옥천으로 유배를 갔지만, 그 후 풀려나 학정이 되었으나 약 6개월 만에 사직하고 말았다. 1624년(인조 2) 이괄이 반란을 일으키자 반란을 진압하기 위한 의병을 일으키려고 계획하니 당시 대제학으로 있던 정경세가 '나라를 위한 마음이 천리를 서로 비친다'라는 말로 격려했다. 병자호란이 일어났을 때에는 남한산성이 적병에게 포위당했다는 소식을 듣고 서쪽을 향해 통곡하며 여러 날 침식을 전폐하였는데 이 때 선생의 나이는 60이 넘었다. 78세를 일기로 세상을 떠난 후, 1820년(순조 20) 수동면 남계서원 별묘에 제향되었다. 문집으로 1850년(철종 1) 후손 정필근鄭弼謹이 편집·간행한 『송탄집松灘集』 3권 1책이 있는데, 권두에 기호학파 노론계 학자인 기정진奇正鎭(蘆沙, 1798~1879)의 서문과 권말에 간행자 정필근의 발문이 수록되어 있다.

4

남계서원의 건축

 앞에서 우리는 남계서원의 역사와 함께 서원에서 제향
되고 있는 인물과, 과거 별사에서 제향되었던 인물들의
삶과 그 지향을 살펴보았다. 이제는 주제를 바꿔 남계서
원의 외형적인 측면, 곧 건축물들을 살펴보자.

 서원이 성리학적 이념을 토대로 한 교육기관이었다면,
서원의 건축물 역시 성리학과의 관련성 속에서 읽을 수
도 있다고 생각된다. 흔히 서원 건축물과 성리학의 관련
성을 논하는데 있어서 가장 주목되는 것은 서원 건축물
이 보여주는 배치 구도에 있어서의 질서 혹은 정연성과
구조와 의장에 있어서의 절제미 혹은 검소성이다. 서원
건축은 다른 일반적인 건축과 달리 정연한 구도를 가지
고 있으며, 대부분의 서원은 전후와 좌우로 대칭되는 축

선 구도를 통해 일정한 질서를 표현하고 있는 것이다. 봄이 가면 여름이 오고, 그러한 순환의 과정을 통해서 곡식은 여물어 가며, 그 속에서 세상의 모든 생명체가 성장해 간다는 시각에는 이미 세상을 질서정연하게 움직이도록 하는 하나의 원리가 전제되어 있는데 이것이 바로 성리학에서 말하는 리理 혹은 천리天理이다. 그리고 서원에서의 공부가 궁극적으로는 바로 이 원리에 대한 인식 혹은 깨달음을 지향하는 것이라면, 서원의 건축 역시 자연스럽게 그 질서정연함을 표현하지 않을 수가 없는 것이다.

뿐만 아니라 서원건축은 다른 종교적 건축물과 달리

공묘

맹묘

거대한 규모로 그 앞에 선 인간을 주눅들게 만들거나, 화
려한 장식을 통해 절로 감탄하게 만들지도 않는다. 오히
려 절제된 단순성을 통해 성리학의 원리가 복잡한 것이
아니라는 점, 성리학이 지향하고 있는 진리가 꾸며진 것
일 수 없으며, 일상으로부터 멀리 떨어져 있는 것 역시
아니라는 것을 보여주려 애쓴다. 이처럼 서원건축은 성
리학이 일상과 분리되지 않는 실천적인 학문이라는 점
역시 부각해서 보여주고 있는 것이다.

　서원의 건축은 성리학적 이념과 무관하지 않은 까닭에
다른 어떤 종교적인 건축물에 비해 소박한 형식을 가진

다. 아울러 우리나라 최초의 서원인 소수서원이 서원의 전형적인 형식을 따르지 않는다는 예외적인 경우를 보여주기는 하였지만, 나머지 대부분의 서원은 전당후묘前堂後廟, 전저후고前低後高라는 대체로 일정한 형식을 기준으로 특정한 부분이 강조되거나 생략되는 모습을 보여준다. 그리고 이러한 전형적인 서원의 형식은 가깝게는 향교의 건축양식이나 구조, 넓게는 중국의 서원이나 사묘들로부터 영향을 받았다고 보여진다.

중국 사합원과 서원의 건축형식

중국 건축의 특징을 가장 잘 보여주는 형태는 집의 가운데에 정원을 두는 사합원의 구조다. 중국의 서원이나, 사묘, 특히 공묘나 맹묘 등의 평면 구도를 보면, 그 규모에서 일정부분 차이가 없을 수는 없지만 모두 사합원과 유사한 형태임을 확인할 수 있게 된다. 사합원이란 사각형의 평면 구조로 건물을 연결하여 외부로부터 폐쇄적이고 내부적으로 개방적인 독특한 가옥 형태로, 과거 중국 중상류층의 대표적인 주거 형태였다.

사합원은 건물 네 동을 연결해 외부의 침입을 막기에 유리한 환경을 조성하고, 내부로는 개방성이 강해 가족 구성원의 거처를 안배하는 데 편리한 구조로 되어 있다. 중형 규모인 사합원의 경우, 들어가는 대문은 대부분 남동쪽 모서리에 위치하는데, 대문에 들어서도 담벼락이

자금성

가로막아 내부의 생활공간을 들여다 볼 수 없다. 대문에
연결된 남쪽 건물을 도좌방倒座房이라고 하는데, 객방·
남자 하인방·작업실·화장실 등으로 사용된다. 담벼락을
따라 서쪽으로 돌아가면 전원前院이 나오는데, 전원의 수
화문垂花門 혹은 二門은 외부와 내부를 구분하는 문이다.

　수화문을 들어서면 바로 내원內院이 있는데, 내원은 정
방형이거나 남북이 약간 더 긴 장방형이다. 내원은 열십
자 통로로 연결되는데, 정면에 안채인 정방正房이 있고,
좌우 양측에 상방廂房이 있으며, 정방·상방·수화문은 회
랑으로 연결된다. 정방은 대개 세 칸 규모로 사합원의 중
심 공간이다. 중앙에는 조상의 위패를 모시고, 좌우에 그
가정의 최연장자가 거주하는 침실이 있다. 그 양 옆으로
주방·잡실·화장실이 설치되어 있다. 내원의 양측 상방

에는 자녀들이 거주하며, 창문은 오직 내원을 향한다. 정방의 뒷면에는 후원이 있는데, 후원에는 미혼의 딸과 여자 하인들이 기거한다. 이러한 구조는 외부로부터 폐쇄적인 환경을 조성해 가부장의 통치 지위·남존여비·주종 관계를 확고히 하고 위계질서를 공고히 하는 데 기여했다.[25]

그런데 이러한 사합원의 모습은 단순히 사람들이 거주하던 주택에서만 확인되는 것은 아니다. 중국의 대표적인 서원들, 공자의 사당인 중국 산동성 곡부의 공묘, 맹자의 사당인 추성鄒城의 맹묘孟廟, 황제가 거처하던 북경의 자금성 등은 모두 사실상 사합원을 기본으로 하여 그 규모를 키운 것일 뿐이다. 이처럼 사합원은 서원이나 공묘와 맹묘, 그리고 자금성 등과 규모에 있어서는 차별성을 보여주면서도 하나의 공통점을 가지고 있다. 그것은 다름 아닌 네모난 평면과 그 중앙에 정원을 두고 건축물이 위치해 있다는 점이다. 이점에서 사합원의 건축양식은 조선의 향교나 서원의 양식과도 닮아 있는 셈이다. 서원 역시 외삼문이나 문루를 들어서면 정면에 강당, 좌우에 동서재가 위치해 있고, 그 중앙에 마당정원이 자리잡고 있는 것이다. 백운동서원의 경우에는 이러한 형식이 자리잡기 전, 상대적으로 자유로운 형식으로 건축되었다면, 남계서원의 경우에는 전형적인 서원 건축의 형식을 보여주고 있어서, 일정부분 사합원과의 연관성 역시 확인할 수 있다.

하지만 그렇다고 중국의 사합원 건축양식과 조선의 서원 건축양식이 완전히 일치하는 것은 아니다. 양자의 차별성은 외부에 대한 개방성에서 확연하게 나타난다. 사합원의 건축양식에서 건축물은 그 자체로 외부와 구분하는 담장 역할을 하였고, 특히 정방의 좌우에 위치해 있는 상방의 경우 창문은 일반적으로 내원을 향한 것만 있을 뿐, 외부로 향하는 창문을 두지 않는다. 이처럼 사합원의 건축양식은 철저하게 외부와의 단절을 시도한다. 이점은 다른 공묘나 자금성 등의 건축양식에서도 충분히 확인할 수 있다.

반면 조선의 서원 건축은 이점에서 확연한 차이를 보여준다. 전형적인 서원건축 형식을 보여주고 있는 남계서원의 평면구성을 예로 보더라도, 강당 앞의 좌우에 자리 잡고 있는 동재와 서재는 담장 역할을 하지 않는다. 또한 창문의 위치뿐만 아니라, 개방된 마루로 구성된 헌에서 중국식 사합원과는 다른 모습을 발견하게 된다. 그리고 특히 남계서원이 충실히 따르고 있는 조선 서원 건축의 일반적인 경향은 서원의 진입공간으로부터 시작해 점차 고도를 높여, 제향공간인 사당을 서원의 가장 높은 곳에 위치시키는 형태를 취한다. 이러한 공간적 배치는 외부와의 시각적 관계에서 이미 개방성을 한껏 보여준다. 이렇듯 남계서원을 비롯한 대부분의 서원은 중국의 사합원 혹은 서원건축과 유사성을 보여주면서도, 또 다른 한편으로는 조선 서원만의 건축적 특징을 충분히 보여주고 있는 것이다.

건립 당시 남계서원의 모습

그렇다면 이러한 특징을 보여주는 남계서원의 건축형식은 창건초기부터 이미 확정되어 있는 것일까? 이것은 곧 현재 남계서원의 건축구성이나 형식이 창건초기의 모습을 보여주고 있는가 묻는 것이기도 하다. 잘 알려져 있듯, 1541년 우리나라에서 처음으로 세워진 백운동서원의 경우에는 전형적인 서원의 건축형식을 찾아보기 어렵다. 강당과 사당의 위치, 그리고 동재와 서재가 자리하고 있는 위치가 그 뒤에 등장하는 서원들과는 판이하게 다른 모습을 보여주고 있다. 이 말은 백운동서원에서 사합원 형태의 건축형식과의 관련성을 찾아보기 어렵다는 말이다. 그런데 겨우 11년 뒤에 서원 건립이 논의되면서 완공된 남계서원의 경우에는 완전히 일변된 모습을 보여주고 있다. 이것을 우리는 어떻게 이해할 수 있을까? 어떻게 불과 몇 년 사이에 서원의 건축형식에 있어서 이토록 큰 변화가 있었던 것일까?

또한 현재 남계서원의 건축구성이나 형식이 창건초기의 모습과 다를 수 있다는 가능성은 남계서원의 역사적 전개 과정에서 불가피하게 제시될 수밖에 없는 의문이기

도 하다. 앞의 논의에서 이미 확인되듯, 남계서원의 역사
는 복잡한 이건과 중건의 과정을 거치며 전개되어 왔다.
처음 완공되었던 서원의 건축물들은 정유재란 때에 소실
되어 버렸고, 그 뒤에 나촌으로의 이건 이후 다시 옛터
로 돌아와 중건되는 과정을 겪으면서 현재 남계서원의
모습이 곧 창건당시의 모습과 일치하거나 아니면 얼마나
닮아 있는지 누구도 쉽게 단정할 수 없는 상황이 되어 버
린 것이다.

그렇지만 다행하게도 창건 당시 남계서원의 모습을 대
강이나마 그려볼 수 있는 기록이 있다. 강익의「남계서원
기」에는 창건 당시의 전체 서원 규모와 당호 편액의 사유
를 다음과 같이 기록하고 있다.

사우와 강당 및 동재와 서재, 앞문은 모두 30여 칸이다. 여
러 군자들이 나에게 주관하는 일을 맡기고는, 그 전말을 기
록하고 그 재사의 이름을 지어주길 청하였다. 내가 사양하
였으나 소용이 없었다. 삼가 서원을 세우게 된 뜻을 기록
한다.
그리고 마침내 그 강당을 이름하여 '명성당明誠堂'이라 하였
으니, 『중용』에서 '밝아지면 성誠해진다'는 말에서 취하였
다. 명성당의 양쪽 방은 왼쪽을 '거경재居敬齋'라 하고, 오
른쪽은 '집의재集義齋'라 하였으니, 정자가 해석한 '거경궁
리居敬窮理'와 『맹자』에서 '내안에 모여진 의에서 생겨난다'

는 말에서 뜻을 취하였다. 재사의 방은 동쪽을 '양정재養正齋'라 하였으니, 『주역』에서 '어려서부터 바른 것을 기른다'는 말에서 뜻을 취하였고, 서쪽을 '보인재輔仁齋'라 하였으니, 『논어』의 '벗으로 내 인을 보완한다'는 말에서 취하였다. 동재와 서재의 헌軒은 각각 '애련헌愛蓮軒'과 '영매헌詠梅軒'이라 이름하였고, 앞의 대문을 준도遵道라 하였다. 이들 이름마다 각각 뜻이 들어 있다. 편액하여 '남계서원'이라 하였으니, 서원이 남계 가에 있기 때문이다. 아! 서원이 우리 땅에 세워짐이여. 주세붕의 죽계[소수서원] 이후 비로소 여기에 세워졌다.[26]

대체적으로 본다면, 강당과 사우, 동재와 서재, 대문으로 구성된 30여 칸이 창건 당시 남계서원의 모습임을 그려볼 수 있다. 편액에서 보자면, 강당은 중앙의 당과 좌우의 협실로 구성되어 있다. 그리고 동재와 서재는 각각 양정과 보인이란 편액의 실과 애련과 영매란 편액의 헌으로 구성되어 있었다. 여기에 강당이 세워질 당시에 이미 부엌이나 화장실 등의 부속시설이 세워졌고, 동서재가 세워진 후에는 그 아래에 연지가 설치되었던 것으로 확인된다. 이것이 최초로 세워진 남계서원의 전체 규모이자 모습이었다.

현재 남계서원의 모습

그렇다면 현재 남계서원은 어떤 모습을 하고 있을까? 흔히 서원은 진입공간, 강학공간, 제향공간, 부속시설을 포함한 기타공간의 4가지로 크게 구분되는데, 이러한 구분에 따라 각각의 공간을 살펴보면 남계서원은 현재 대체로 다음과 같은 모습이다.

먼저 진입공간에는 하마비와 홍살문, 그리고 외삼문 등이 있는데, 현재 서원의 외삼문을 대신하고 있는 것은 풍영루로, 창건 당시 '준도'라 편액되었던 문이 아니라, 19세기 중엽에 세워졌다. 강학공간의 중심건물인 강당은 '명성'이라 편액한 중앙 2칸 마루와 좌우의 '거경'과 '집의'로 편액한 각 1칸의 온돌 협실로 구성된 정면 4칸의 건물이다. 그리고 동재와 서재는 온돌인 강당 방향 '재' 1칸과 개방된 구조의 연지방향 1칸 마루의 '헌'으로 구성된 정면 2칸의 건물이다. 제향공간은 강학공간과 구별하는 신문神門과 함께 강당 뒤편에 약간 동쪽으로 치우쳐서 위치하며, 전사청이 사당의 동쪽에 자리잡고 있다. 그리고 기타공간으로 풍영루와 서재 사이에 묘정비와 비각이 세워져 있고, 강당의 우측에 관리인이 거주하는 고직사가, 좌측에 장판각이 위치해 있다.

이러한 현재 남계서원의 모습은 강익의 「남계서원기」에 묘사되고 있는 모습과 상당부분 일치한다. 강당 왼쪽에 장판각이 세워지고, 준도문이 풍영루로 바뀐 것이라

든가, 서원 마당에 묘정비가 세워진 것 등 몇몇 요소들만 변화가 있을 뿐이고, 대체로 강익이 묘사하고 있는 서원의 모습과 크게 다르지 않는 것이다. 이것은 몇 가지 사실을 대변해 보여준다.

무엇보다 백운동서원이 세워진 이후, 서원의 건축형식은 급격한 변화를 맞았다는 사실이다. 그것이 어떤 이유나 계기를 통해서건, 백운동서원의 건립 당시에는 서원 건축 형식에 대한 이해 혹은 관심이 거의 없었지만, 이후 곧바로 서원 건축과 평면구성에 대한 관심과 함께 향교건축 형식을 통한 간접적인 방식이든, 아니면 중국의 서원과 사묘 등의 건축양식을 통한 직접적인 방식이든 그것들은 일정부분 조선시대 서원건축에 영향을 끼쳤다고 이해할 수 있다.

그리고 또 하나 확인되는 사실은 이건과 중건의 복잡한 과정 속에서도 건축형식이나 양식 등은 전체적으로 큰 변화없이 상당히 보수적으로 계승되었다는 점이다. 이점은 현재 남계서원의 평면구성이 강익의 묘사와 크게 다르지 않다는 사실에서 대체로 확인된다.

이제 남계서원을 구성하는 각 공간, 곧 진입공간과 강학공간, 제향공간과 기타공간에 어떤 건축물이 있고, 각각의 건축물이 가진 기능과 함께 각 건물의 편액이 함축하고 있는 의미를 이해해 보자.

1. 서원으로 들어가는 진입공간

먼저 진입공간부터 살펴보자. 서원의 진입공간은 서원으로 들어가며 통과하게 되는 공간으로 보통은 홍살문, 하마비, 외삼문이나 누문 등으로 구성되어 있다. 그 가운데 먼저 홍살문은 상대적으로 규모가 큰 서원에 세워져 있는 상징적인 문으로, 서원으로 들어가는 길의 양쪽에 기둥을 세운 후 이 두 기둥을 연결하는 두 개의 나무를 나란히 걸친 다음, 그 두 나무 사이에 화살 모양의 나무살을 박아 넣은 나무문이다. 붉은 칠을 하고 일정한 간격으로 나무살을 박아 놓고 있기 때문에 홍살문이라고

홍살문과 하마비

중국 산동 곡부 공묘의 패방

부르며, 홍전문紅箭門이나 홍문紅門이라 부르기도 한다. 서원 외에도 능陵·원園·묘廟·궁전·관아 등의 앞에도 세워져 있다.

중국의 서원이나 묘우의 경우에는 홍살문을 대신해서 패방牌坊이 세워져 있다. 패방은 본래 어떤 사람의 덕행을 널리 알리기 위해 세운 기념비적인 건축물을 가리키는데, 대개 2개의 기둥 위쪽에 가로로 된 현판을 걸고 거기에 덕행의 내용과 관련된 글자를 새긴 것이다. 중국 산동성 곡부에 있는 공묘 입구에는 '금성옥진패방金聲玉振牌坊'과 '태화원기패방太和元氣牌坊', '지성묘패방至聖廟牌坊' 등 3개의 패방이 세워져 있다. 이런 패방들은 대부분

맑은 강물 같은 문화의 흐름 灆溪書院

풍영루

돌로 만들어져 있다는 점에서 나무로 만든 홍살문과 구
분된다. 남계서원의 입구에는 그 규모에 걸맞게 홍살문
이 당당하게 세워져 있다.

　그리고 그 홍살문 옆에는 그다지 크지 않은 하마비下
馬碑가 세워져 있다. 하마비는 선현을 봉사하는 서원의
영역이 시작되었으니, 신분에 상관없이 누구나 말이나
가마에서 내려 몸가짐을 바르게 해야 한다는 뜻으로 세
운 비석이다.

　홍살문을 들어서면 앞에 정면 3칸 측면 2칸의 겹처마
팔작지붕의 2층 누각인 풍영루가 등장한다. 본래 남계서
원의 경우 본격적인 서원공간으로 진입하는 문은 누문이

준도문

아니라 준도문遵道門이라 현판한 외삼문外三門이었다. 이
것이 3개의 문으로 구성되어 있고 외부에서 서원 안으로
들어가는 문이기 때문에 외삼문이라 부른다. 좌우의 문
보다 가운데 문의 지붕이 높은 솟을삼문인 경우와 3개의
문이 하나의 용마루로 이어진 평삼문인 경우가 있는데,
처음 남계서원의 준도문이 어떤 형태였는지를 확인할 수
는 없다. 다만 준도문의 현판은 현재 풍영루의 후면, 다
시 말해서 누문을 들어서서 뒤돌아 올려다보는 위치에
걸려있다. 이 '준도'라는 이름은『중용』11장의 "군자는
도를 좇아 행하다가 중도에서 그만 두기도 하지만, 나는
그만둘 수가 없다君子遵道而行 半途而廢 吾弗能已矣"는 구

절에서 따온 것이다. 도를 실천하고 성인을 향해 나아가는 공부의 끝없는 길을 중도에서 그만두지 말고 나아가길 독려하는 의미를 담고 있다.

준도문 대신 풍영루가 세워진 것은 19세기인 1841년(헌종 7)의 일이다. 서원에 2층의 누각이 있는 경우, 외삼문과 강당 사이에 독립 건물로 세워져 있는 경우도 있지만, 그 아래층인 1층에 3개의 문을 달아 외문을 겸하기도 한다. 남계서원의 풍영루는 후자의 경우인데, 출입은 사당의 내삼문과 마찬가지로 동쪽으로 들어가서 서쪽으로 나오게 된다. 2층 다락은 원생이나 지역의 유림이 회합을 하거나 시회를 여는 장소로 사용되었다.

기수에서 목욕하고 무우에서 바람 쐬고 노래 부르며 돌아오다

그리고 이 풍영루라는 이름은 『논어論語』 「선진」 편의 구절 가운데 "춘복春服이 만들어졌으면 관자冠子 5~6명, 동자童子 6~7명을 데리고서, 기수沂水에서 목욕하고 무우舞雩에서 바람 쐰 후 노래 부르며 돌아오고 싶습니다"[27]라는 증점曾點의 뜻을 따라 이름을 붙인 것이다. 공자가 어느 날 제자들에게 "너희들의 소원이 무엇이냐?"라고 물었을 때, 제자 염유는 "작은 고을을 맡아 3년 만에 풍요롭게 하겠습니다."라고 답하였고, 옆에 있던 공서화는 "종묘 제사나 회의 때 보좌관을 맡고 싶습니다."라고 하였을 때, 듣고 있던 증점이 공자에게 답한 것이기도 하다. 공자는 증점의 대답을 듣고 '나 또한 함께 하고 싶다吾與點也'고 답하였다. 땀 흘려 일한 후 함께 한 이들과 마음 편히 즐기는 여유로운 삶의 모습이 그려지는 대답이기도 하다.

기정진 역시 「풍영루중수기」에서 다음과 같이 말한다.

> 증점이 기수에서 목욕하고 무우에서 바람을 쐰 후, 시를 읊으며 돌아오겠다고 한 것과 안연이 누추한 시골 거리에 살면서 도를 어기지 않음이 마치 어리석은 사람처럼 보였던 것은, 그 규모나 기상이 비록 같지는 않지만, 배우는 자들은 그 중 하나라도 없애거나 강론하지 않아서는 안 되는 것이 분명합니다. 이 서원에 거경재와 집의재가 있는 것은, 대체로 증자와 맹자의 뜻을 미루어 체용의 학문으로 삼고자 한 것이다. 이는 이른바 안자가 배운 바를 배우되, 시위를 당기기만 하고 풀어주지 않는다면 문왕과 무왕도 다스릴 수 없을 것이니, 정신을 발산시키고 성정을 안정시켜 조양하는 한쪽 편의 일을 없앨 수 있겠는가?[28]

여기에서 기정진은 활의 시위를 당기다가도 또 풀어놓는 것, 그리고 정신을 일으켜 세우지만, 또 성정을 쉬면서 기르는 것 이 두 가지 방향, 다시 말해서 긴장된 학문탐구(전통적으로는 이 측면을 '藏修'라고 불렀다)와 함께 그

긴장을 풀어주는 휴식(전통적으로는 이 측면을 '遊息'이라고 불렀다)의 두 가지 측면이 균형을 이룰 때에 학문적 성취 역시 도모할 수 있다는 점을 강조하고 있다. 그리고 강학의 중심인 강당이 학문탐구의 공간이라면, 풍영루는 바로 그 두 가지 기능 가운데 후자 곧 휴양과 휴식의 공간이라고 생각했던 것이다.

그런데 외삼문의 형태에서 누각인 풍영루의 형태로 바뀌는 것에서도 조선 후기로 내려갈수록 변해가는 서원의 성격을 확인할 수 있다. 즉 19세기에 이르러 준도문 대신 풍영루가 세워졌다는 것은 여러 가지 의미를 가지겠지만, 그 가운데 하나는 최소한 남계서원의 교육적 기능에 있어서 일정한 변화가 확인된다는 점이다. 백운동서원과 달리 남계서원은 사우가 아니라 강당을 먼저 완공한 서원이다. 이것은 제향도 중요하지만 그보다는 강학을 우선해야 한다는 사유의 표현이자, 이 서원이 무엇을 지향하는지 그 성격을 나타내 보여주는 것이기도 하다. 그런 강학중심의 서원에 웅장한 누각, 곧 풍영루가 세워졌다는 것은 엄격한 강학 외에 또다른 한편으로 그만큼 유식의 필요성이 강조되기 시작했음을 의미한다.

2. 강독이 이루어진 강학공간

풍영루를 들어서면 곧 서원의 핵심이라고 할 수 있는 강학공간이 펼쳐진다. 강학공간은 원생들이 기숙하며 강학이 이루어진 공간으로 가장 일반적인 강당과 재사 외에 누, 장판각 등으로 구성되는데, 남계서원의 경우에도 강당과 동서재가 위치해 있다. 그 중에서 강당은 강학이 이루어지는 서원의 중심건물이다. 중앙에 대청을 두고 양쪽에 협실인 온돌방이 위치해 있으며, 보통은 그 협실에 원장과 원임들이 기거하였다. 이 강당의 처마 밑에 남계서원의 현판이 특이하게도 '남계'와 '서원' 두 부분으로 분리되어 걸려있다.

그리고 그 대청 위에는 '명성당明誠堂'이라는 당호가 편액되어 있다. 강당 이름 '명성'은 『중용中庸』 21장의 '명즉성明則誠'에서 따온 것이다. 『중용』의 구절은 다음과 같다. "성誠으로부터 밝아진 것明을 성性이라고 하고, 밝아진 것明으로부터 성誠하게 되는 것을 교敎라고 한다. 성誠하면 밝아지고, 밝아지면 성誠해진다."[29] 이 구절에서 보자면 '명성당'은 교육의 의미와 가치를 강조하고 있는 것으로 이해된다.

그리고 강당의 좌우에 위치한 협실가운데 왼쪽에는 '거경재居敬齋', 오른쪽에는 '집의재集義齋'라는 현판이 걸려있다. '거경'은 '궁리窮理'와 함께 정주학程朱學에서 강

명성당

조하는 도덕수양 방법이다. 이 말이 처음으로 등장한 곳
은 『논어』 「옹야雍也」편으로 "경을 실천하면서 간솔하게
행한다."[30]는 구절이다. '경을 실천한다'는 것은 내적 긴
장감을 잃지 않고, 스스로에게 엄격한 것을 의미한다. 반
면에 '간솔하게 행한다'는 말은 외적 혹은 타인에게 대범
하고 관대하게 행동하는 것을 뜻한다. 내적 혹은 자기자
신에게는 엄격하면서, 외적 혹은 타인에게 관대하게 행
하는 것을 통치자의 덕목으로 제시한 것이 바로 『논어』
「옹야」편의 이 구절이 보여주는 의미이기도 하다. 이렇게
본다면 '거경재'라는 명칭은 늘 도덕적 긴장감을 잃지 않
고, 타인에게는 관대하면서도 자신에게는 엄격한 태도를

집의재

거경재

가질 것을 요청하고 있다. 참고로 흔히 '거경'과 짝을 이루는 '궁리'는 『주역周易』「설괘說卦」의 "천리를 궁구하고 본성을 온전히 실현하여 천명에 이른다."[31]라는 구절에서 처음 등장한다.

반면에 '집의集義'는 『맹자孟子』「공손추상公孫丑上」의 한 구절에서 취한 것이다. 「공손추상」에는 맹자와 그의 제자인 공손추가 '호연지기浩然之氣'에 대해 이야기를 나누는 과정에서, 맹자는 다음과 같이 말한다.

그것은 기의 일종이며 지극히 크고 가장 굳센 것으로, 의로 그것을 기르면 한 점 해로움도 없고, 천지사방에 충만하게 되네. 이러한 기는 반드시 의와 도에 배합되는데, 만약 그렇지 않으면 그 어떤 힘도 발휘하지 못하네. 그것은 내 안에 모여진 의에서 생겨나는 것이지 외재하는 의가 내재화됨으로써 얻어지는 것이 아니라네.[32]

다양한 의미가 함축되어 있지만, '집의'와 관련해서 보자면 결국 '내 안에 모여져 있는 의'(集義)로부터 호연지기가 길러진다는 것이다. 따라서 '집의재'라는 명칭은 '호연지기'를 지향하고 그것을 기를 것을 강조한다고 이해할 수 있다.

양정재

강당의 정면 좌우에는 동재東齋와 서재西齋가 위치해 있다. 일반적으로 강당이 남향을 하고 있지만, 반드시 방향이 일치하지 않더라도 강당의 좌측에

보인재

있는 재사를 동재, 오른쪽에 있는 재사를 서재라고 부른다. 동재와 서재는 원생들이 기거하던 건물로, 보통은 강당의 앞마당이나 뒷마당에 서로 마주보며 위치해 있다. 남계서원의 동서재는 온돌방과 마루로 구성되어 있는데, 온돌방을 '재', 마루를 '헌'으로 불러서, 동재의 방에는 '양정재養正齋'라는 현판이, 마루에는 '애련헌愛蓮軒'이라는 현판이 걸려있다. 마찬가지로 서재에도 방에는 '보인재輔仁齋', 마루에는 '영매헌詠梅軒'이라 이름 붙여져 있다.

먼저 동재의 '양정재'는『주역周易』「몽괘蒙卦」의 "어려서부터 바른 것을 기르는 것은 성인의 공이다"[33]라는 구

애련헌

절에서 따온 것이다. 서원에서 행해지는 강학이나 교육이 모두 '바른 것을 기르는 것'임을 보여주는 이름이기도 하다. 그리고 마루에 걸려있는 '애련헌'이라는 현판에서 자연스럽게 주돈이의 「애련설」을 떠올리게 된다.

주돈이의 「애련설」

「애련설」은 주돈이가 남강군(현재의 강서성 성자현)에서 벼슬살이하던 47세(1063년) 때에 연못을 파고 연을 심은 뒤 그 못을 '애련지'라 이름 붙이고 지은 글이다. 국화와 모란, 그리고 연이라는 세 종류 꽃을 대비시켜 세 가지 서로 다른 인격 유형을 상징적으로 그려내고, 연꽃에 대한 묘사를 통해 세상에 물들지 않으면서 자신을 깨끗하게 지키는 군자의 고결한 인품과 모습을 부각시키고 있다. 국화가 은사를, 모란이 부귀를 가리킨다면, 연은 주돈이 자신과 같은 모습으로, 비록 세속에 몸담고 있지만 마음은 세속적인 가치에 연연해하지 않음을 드러내고 있다. 동재에 '애련헌'이라 현판한 것은 한편으로 주돈이를 기념하는 동시에 그가 추구한 군자의 인격을 닮기 위해 노력해야 한다는 점을 강조하고 있는 것으로 이해된다.

주돈이의 「애련설愛蓮說」

물과 육지 초목의 꽃 중에서 사랑스러운 것이 매우 많다. 진나라의 도연명은 유독 국화를 사랑하였고, 당나라 이후로 세상 사람들은 모란을 몹시 사랑하였다. 나는 유독 진흙에서 나왔어도 그것에 물들지 않고, 맑고 잔잔한 물결에 씻겨 청결하되 요염하지 않으며, 가운데는 통하고 밖은 곧으며, 넝쿨이 엉키지도 않고 가지도 치지 않으며, 향기가 멀리 퍼질수록 더욱 맑아서 우뚝하고 말쑥하게 서 있고, 멀리서 살펴볼 수는 있어도 가까이 가서 가지고 놀 수는 없는 연꽃을 사랑한다. 나는 국화는 꽃 중에서 은자다운 것이요, 모란은 꽃 중에서 부귀한 자 다운 것이요, 연은 꽃 중에서 군자다운 것이라고 말하고 싶다. 애! 국화를 좋아한다는 말은 도연명 이후로 들어 본 일이 드물고, 연을 사랑하는 것이 나와 같은 이는 어느 누구인가? 모란을 좋아하는 사람은 당연히 많을 것이리라.[34]

반면에 서재의 '보인재'라는 이름은 『논어』「안연顏淵」

편의 "증자가 말하기를 군자는 학문으로 벗을 모으고, 벗으로 내가 인을 잘 실천할 수 있도록 보완한다."[35]라는 구절에서 따온 것이다. 서원의 원생들이 서로 의지해서 인을 실천하기를 바라는 뜻이 읽혀진다. 그리고 동재의 '애련헌'이 연꽃에 비유되는 군자의 정신을 지향하는 것을 의미한다면, 서재의 마루에 걸려있는 '영매헌'이라는 이름에서도 한 겨울의 매서운 한파를 이겨내고 기어이 꽃을 피워내는 매화의 군자다움을 배우고자 하는 의지를 읽을 수 있다.

동재와 서재에 대한 논의에서 건너뛸 수 없는 부분이

영매헌

있다면, 그것은 다름 아닌 동재와 서재의 건축양식이다. 동서재의 마루부분인 애련헌과 영매헌 부분은 필로티 pilotis 구조로 건축함으로써 지형적 특징을 살려내고 있는 것이다. 그와 동시에 진입공간보다 높은 위치에 강학 공간을 위치시킴으로써 그 중요성을 부각시키고 있다. 그리고 강학공간이 서원의 중심적 공간이라는 사실은 상하와 좌우 대칭 구도의 중심이 되고 있다는 점에서도 확인된다. 남계서원을 포함한 대부분의 서원에서 강당은 공간적으로 서원의 중심에 위치해 있는 것이다.

3. 현인을 기념하는 제향공간

제향공간은 강학공간과 함께 서원의 핵심 구역이다. 만약 사우 역시 서원의 일종으로 볼 수 있다면, 강당과 동서재 등으로만 구성되어 제향공간이 생략된 서원보다, 제향공간만 있고 강학공간이 생략된 서원이 더 많다는 사실에서 제향과 서원의 긴밀한 상관관계를 확인할 수 있다. 제향공간은 한마디로 제사를 지내는 공간이자, 제사와 관련된 일들이 진행되는 공간이다. 선현의 위패를 모신 사당과 전사청 등으로 구성되는데, 일반적으로 강학공간 뒤편에 상대적으로 높은 곳에 위치해 있다.

제향공간은 신문神門에서부터 시작된다. 사당의 입구

신문

인 신문은 강학공간과 제향공간을 구분시켜 주는 문이자, 제향공간으로 진입해 들어가는 문이다. 사당의 정문으로 서원의 정문인 외문에 대해 내문 혹은 내삼문이라 부르기도 한다. 보통은 별도의 이름을 갖지는 않는다. 이 신문을 들어서면 대부분 제향공간의 중심 건물인 사당이 자리 잡고 있는데, 그것은 남계서원 역시 예외가 되지 않는다.

남계서원의 사당에는 따로 현판 없이 정여창 등의 위패가 모셔져 있고, 봄과 가을에 제향이 이루어진다. 이 사당의 좌측에는 제사에 필요한 물건을 보관하고, 제수를 마련하는 전사청이 위치해 있다. 전사청은 보통 이렇

사당

성생단

관세위   망료위

게 사당과 인접해 있지만, 제향공간 밖 별도의 영역에 위치해 있는 경우도 있다.

이밖에 제향과 관련된 것에는 제향에 쓸 희생을 검사하는 곳인 성생단省牲壇이 있다. 생단牲壇이라고도 부르는데, 남계서원의 성생단은 강당의 오른쪽, 고직사로 통하는 문 옆에 있다. 그리고 제향이 끝난 후 축문을 불사르거나 묻는 망례위望瘞位 혹은 망료위望燎位는 사당의 오른쪽 옆에 마련되어 있다. 그리고 헌관이 제향하기 전 손을 씻는 대야를 올려놓는 관세위盥洗位는 사당의 왼쪽 앞에 위치해 있다.

4. 기타 공간

서원의 진입공간, 강학공가, 그리고 제향공간 이외에
기타 남계서원의 건물이나 구조물에는 묘정비각, 장판
각藏板閣 그리고 고직사가 있다. 장판각은 장서각藏書
閣이라고도 부르는데, 강학에 필요한 서적과 서적의 목
판을 보관하는 건물이다. 일반적으로 마루로 된 구조이
고, 환기구나 살창이 설치되어 있다. 그리고 고직사는 서
원의 관리인이 거주하는 공간이다. 제사에 필요한 음식
을 장만하거나, 원생들의 식사를 마련하는 곳이기도 하
다. 남계서원의 고직사는 강당의 오른쪽에 위치해 있다.

장판각

묘정비각

이밖에 규모가 큰 서원에는 밤에 불을 밝히기 위해 돌로
만든 구조물, 곧 정료대庭燎臺나 요거석燎炬石 혹은 불우
리 등을 강당이나 사당 앞에 마련해 두고 있지만, 남계
서원에서는 확인되지 않는다. 이밖에 남계서원에는 여러
문제를 낳았던 묘정비와 비각이 서재 옆에 세워져 있다.

5

남계서원의 소장 문헌

이제 마지막으로 남계서원의 소장 문헌을 짧게 살펴보는 것으로 우리의 이야기를 마무리 해보자.

앞의 논의에서 확인되듯, 서원은 단순히 교육기관의 역할만을 수행했던 것이 아니라, 지역의 도서관과 출판사의 역할도 겸하였다. 그런 의미에서 보자면 서원은 지방의 교육과 출판문화의 중심으로 문화창달과 지식보급에 큰 역할을 하였다. 특히 사액서원의 경우에는 사액과 동시에 국가로부터 서원을 운영하는 데 있어서 경제적인 토대가 되는 전답과 그것을 경작할 노비, 그리고 서적을 하사받았으며, 일부는 서원 자체 경비로 서적을 구입하거나 출판하기도 하였다. 서원에서 간행되었던 책은 사서삼경을 기본으로 하는 성리학적 서적도 있었지만, 대부분은 서원에 제향되고 있는 인물 혹은 서원과 관련이 있는 인물의 문집과 유고 등이었다. 남계서원의 경우에는 1635년과 1743년에 『문헌공실기』의 초·중간이, 그리고 1686년에 『개암선생문집』이 간행되었다.

이렇듯 서원이 서적에 관심을 기울인 까닭에, 우리나라 최초의 서원인 백운동서원이 세워지고 2년이 지나 편찬된 『죽계지』의 「순흥백운동서원장서목록」에 따르면, 당시 백운동서원에는 이미 42종 500여 책이 구비되어 있었던 것으로 확인된다. 그리고 훨씬 후대의 기록이지만, 도산서원의 경우 1890년의 「전장기」에 따르면 490종 2,991책이 소장되어 있었고, 옥산서원은 1862년의 「서책도록」에서 394종 2,545책이 소장되었던 것으로 확인된다.

그런데 이와 같은 서원의 소장 서적을 비롯한 문헌에 대한 체계적인 파악을 위한 노력은 일제강점기부터 시작되었다. 1932년 조선총독부에서는 전국의 향교와 서원, 그리고 문중이 소장하고 있는 서적과 문헌을 파악하기 위해 서면과 현장 방문을 통해 처음으로 종합적인 조사를 실시하였던 것이다. 그리고 그 결과는 같은 해에 『조선도서해제』로 출간되었다. 하지만 그 뒤 지속적인 조사와 연구는 진행되지 못하였다.

해방이후 전쟁과 혼란기를 겪으면서 상당한 서적과 문서들이 망실된 후에서야 비로소 서원 소장의 서적과 문헌에 대한 본격적인 조사가 이루어지게 되었다. 1956년 한국어문학회에서 도산서원을 대상으로 한 조사가 해방

후 서원의 장서에 대한 첫 조사였다. 다만 이 때의 조사는 도산서원에 한정되어 진행되었을 뿐이다. 그 뒤 전국적인 조사는 1968년 이춘희에 의해 진행되어 그 이듬해에『이조서원문고목록』으로 출간되었다. 이『이조서원문고목록』에 따르면, 도산서원에는 907종 4,338책, 옥산서원에는 866종 4,111책, 병산서원에는 1,071종 3,039책, 소수서원에는 141종 563책, 도동서원 95종 529책, 남계서원 59종 317책, 돈암서원 78종 245책, 필암서원 132종 595책 등이 있는 것으로 확인되었다.

그 뒤에 서원 소장 서적과 문헌에 대한 대대적인 조사는 문화재청이 주관하여 2004~2009년에 진행된 '일반동산문화재 다량소장처 실태조사'를 통해 이루어졌다. 이 조사를 통해 옥산·도동·남계·병산·돈암·무성·필암서원 소장의 전적, 고문서, 책판 및 기타 유물기문, 현판, 제기 등 등의 현황과 목록, 보존실태 등이 정리되었다.

현재 남계서원의 소장 서적과 문헌 가운데 전적으로『한주선생문집』,『동계선생문집』등 147점이 있고, 고문서「경임안」,「원록류」,「전답안」,「추수기」,「통문」,「간찰」등 717건이 있으며, 책판으로는 일두선생문집과 개암선생문집 책판 377점이 남아있다. 『이조서원문고목록』과『경상남도 일반동산문화재 다량소장처실태조사 보고서』에 고문서와 고서 그리고 책판의 목록이 수록되어 있다.

현존하는 고문서 중에서 중요한 것들을 간추려 소개하

면 다음과 같다. 우선 서원의 조직과 운영관계 자료는 1935년에 2권 1책으로 간행된 「남계서원지」를 비롯하여 「경임안」, 「원생록」, 「부보록」, 「존위록」 등이 있다. 「남계 서원지」에 따르면, 서원지는 1875년(고종 12)에 처음 만들었고, 현재 남계서원에 전해진 서원지는 이 때 편찬된 것이 아니라, 두 번째인 1935년에 편찬된 것이다.

그리고 원장·유사·전곡유사 등 서원 임원을 지낸 인물들의 명단인 「경임안經任案」이 전해지고 있다. 서원에 입학한 원생들의 명단인 「원록」과 서원의 후원자 명단이라고 할 수 있는 「부보록」도 전한다. 이외에 서원의 춘추 제향 때 헌관·대축·집례·판진·집사·학생 등의 직임을 맡은 사람들의 명단인 「참제록」이 있다. 1962년에 완성 배포한 「남계서원존위록」이 전하는데, 이것은 남계서원의 역대 사적 중에서 「원록」·「경임안」·「부보록」 3편을 정리하여 묶은 것이다. 이밖에 서원의 운영과 경제력을 알 수 있는 「양안」과 「전답안」, 그리고 1910년부터 1980년대에 이르는 70여 년간의 「추수기」가 고문서 형태로 남아 있다. 이들 고문서들은 1995년에 『고문서집성』 24권으로 묶여 간행되어 있다.

주요 원문자료

1. 姜翼의「灆溪書院記」

무릇 도道는 온 천하의 모든 사물과 한 덩어리로 엉켜 있으며, 영원히 없어지지도 않는다. 그것이 올 적에는 시작이 없고, 갈 적에도 끝이 없으니, 도가 도 되는 것이 참으로 위대하구나. 위로는 하늘이고 아래로는 땅이니, 해와 달이 교대로 밝혀 주고, 추위와 더위가 번갈아 바뀐다. 산이 우뚝 솟아난 까닭이고, 물이 흘러가는 이유이다. 날짐승과 길짐승이 날고 달리며, 초목이 번성하고 시드는 것, 크고 작고 높고 낮은 온갖 만물이 저마다 자신의 성명性命을 받아 그렇게 살도록 하는 것이 모두 이 도일 뿐이다. 사람이 하늘과 땅 사이에 생겨날 때 이 도를 얻어 사람이 되고, 삼재三才에 참여하여 그 가운데 서서 만물의 이치를 한마음에 갖추고 있으니, 하늘이 우리에게 부여한 것이 이렇게 두텁지만 도를 실천하는 것은 또한 사람일 뿐이다.

아, 이 도道가 사그라진 지 오래되었다. 우리 문헌공文獻公께서 정자程子와 주자朱子의 뒤를 이어 우리나라에 태어나, 전해지지 않던 학문을 전수하고 오래도록 적막했던 도를 밝히셨다. 진실하게 실천하고 힘써 행한 것이 독실하였고, 정치하고 조예가 깊은 데로 나아갔으니 체인體認한 바가 지극하였다. 화순和順함이 마음속에 쌓여 은은하게 나날이 빛났고, 영화英華로움이 밖으로 드러나니 순수하게 온몸에 편안해졌다. 진정 오래도록 힘써 수양한 공부와 마음으로 체득하고 몸소 실천한 실상은 천년의 진유眞儒이며 백세의 사표師表였다.

하늘이 부자夫子를 낳은 것이 이미 우연이 아니었는데, 하늘이 부자에게 재앙을 내린 것이 또 어떻게 이런 지경에 이르렀단 말인가. 만약 하늘이 부자의 도를 실행하도록 하였다면 요순堯舜임금의 세상을 만들고 정자와 주자 같은 사람을 만들 수 있었을 것이다. 그런데 하늘이 부자의 도를 곤경스럽게 하여 종성鍾城으로 귀양 가게 한 것이 송宋나라 정이천程伊川이 부주涪州로 귀양 간 것과 똑같구나. 하늘이여, 하늘이여, 이 도를 장차 없어지게 하려는 것인가.

아, 부자가 돌아가신 지 이제 50년이 되었다. 그런데

도 부자의 사당조차 아직 없으니, 우리 군郡이 매우 부끄러워해야 할 일이 아니겠으며, 또한 어찌 우리 도道가 매우 애통해 해야 할 일이 아니겠는가. 그 옛날 정자와 주자가 세상을 떠나자, 학자들이 그들을 흠모하여, 한 번이라도 읊조리거나 유식游息하였던 곳이라면 서원書院을 건립하여 제사 지내지 않은 곳이 없었다. 덕德을 좋아하는 떳떳한 천성天性을 스스로 속일 수 없었던 것인데, 하물며 부자의 고향에 있어서이겠는가.

다행히 우리 여러 군자들이 마음을 합하고 뜻을 함께하여, 임자년(1552)에 일을 시작했고, 신유년(1561)에 끝마쳤다. 전후 10년 동안 무릇 부지런히 이 일을 지휘하고 계획한 것은 실로 세 분의 우리 원님이었다. 처음에는 부자에게 액운을 내려 그가 온축한 것을 펼 수 없도록 하더니, 결국에는 세 분 원님을 내려 주시어 부자를 제사지내게 하였고, 후학들이 의지하고 귀의할 데를 알게 하였으니, 하늘의 뜻 또한 여기에 있었던 것인가.

내가 부자보다 뒤에 태어나 비록 그의 문하에 들어가 배우지 못했지만, 부자께서 남긴 가르침을 듣고, 부자께서 남긴 훈계를 실천하면서 가만히 스스로를 진작시키고 면려하여, 부자의 도에 죄를 짓지 않으려 도모하였다. 그러나 갈 곳을 몰라 허둥대는 이 후학은 소경처럼 지팡이를 두드리며 길을 헤맨 지가 오래되었다.

이제 부자를 모신 사당을 설립하여 부자의 영령께 제

사를 지내게 되었다. 뜰에 가득한 선비들이 오르내리는 것에 차례가 있으며, 절하고 읍하며 나아가고 물러나는 것에는 어렴풋이 강석講席에 나란히 모시고 직접 가르침을 받는 듯하다. 나태한 마음을 일깨우고 공경함을 불러 일으키는 사이에 성대히 자득自得의 즐거움을 얻게 될 것이니, 무릇 우리 후학들이 자신의 절조節操를 격려시키고 성정性情을 고무시키는 것이 필시 여기에 있을 것이다. 아, 이 또한 다행이로다.

사우와 강당 및 동재와 서재, 앞문은 모두 30여 칸이다. 여러 군자들이 나에게 주관하는 일을 맡기고는, 그 전말을 기록하고 그 재사의 이름을 지어주길 청하였다. 내가 사양하였으나 소용이 없었다. 삼가 서원을 세우게 된 뜻을 기록한다.

그리고 마침내 그 강당을 이름하여 '명성당明誠堂'이라 하였으니, 『중용』에서 '밝아지면 성誠해진다'는 말에서 취하였다. 명성당의 양쪽 방은 왼쪽을 '거경재居敬齋'라 하고, 오른쪽은 '집의재集義齋'라 하였으니, 정자가 해석한 '거경궁리居敬窮理'와 『맹자』에서 '내안에 모여진 의에서 생겨난다'는 말에서 뜻을 취하였다. 재사의 방은 동쪽을 '양정재養正齋'라 하였으니, 『주역』에서 '어려서부터 바른 것을 기른다'는 말에서 뜻을 취하였고, 서쪽을 '보인재輔仁齋'라 하였으니, 『논어』의 '벗으로 내 인을 보완한다'는 말에서 취하였다. 동재와 서재의 헌軒은 각각 '애련헌愛蓮軒'과 '영매헌詠梅軒'이라 이름하였고, 앞의 대문을 준도遵道라 하였다. 이들 이름마다 각각 뜻이 들어 있다. 편액하여 '남계서원'이라 하였으니, 서원이 남계 가에 있기 때문이다. 아! 서원이 우리 땅에 세워짐이여. 주세붕의 죽계[소수서원] 이후 비로소 여기에 세워졌다.

우리들의 참람함은 잘못은 실로 피하기 어렵겠지만, 세 분 원님의 성의가 이미 지극히 정성스럽고 조정의 은전이 또 이미 환하게 빛났으니, 우리 도道를 보호하고 세상의 교화를 도와 우리 백성을 가르쳐 인도할 것이다. 아, 이 또한 위대하도다.

오직 바라건대, 이 서원에 거처하는 여러 원생들은 세 분 원님이 현인을 숭상하는 그 정성에 감복하고, 부자가 도를 선창한 그 기풍을 흠모하라. 흠모할 뿐만 아니라 그 도를 배우길 생각하고, 그것을 배울 뿐만 아니라 그 도를 다하기를 생각하라. 그리하여 잠심潛心하여 정밀精密히 했던 부자의 공부를 체득하고, 독실篤實하고 강했던 부자의 뜻을 면려시켜, 여기에서 장수藏修하고 함양涵養하라. 동정動靜과 존성存省의 사이를 살펴 자신의 기질을 변화시키고, 성정性情의 은미隱微한 사이를 살펴서 그 덕성을 도야하라. 그리하면 부자의 도 또한 여기에 힘입어 실추하지 않고 성대하게 많은 선비를 흥기시키게 될 것이다. 이렇게 하고서야 비로소 세 분 원님의 뜻을 저버리지 않게 될 것이고, 우리들의 참람함도 학문을 숭상하는 국가의 정교에 조금이나마 보탬이 될 것이다. 아, 어찌 힘쓰지 않을 수 있겠는가. 그 세 분 원님은 누구인가? 서구연徐九淵, 윤확尹確, 김우홍金宇弘이니, 각자 유행儒行으로 세상에 드러난 사람들이다.

夫道之在天下 渾淪旁礴 悠久不息 其來也無始 其往也無終 大哉 道之爲道也 上而天 下而地 日月之代明 寒暑之錯行 山之所以峙 河之所以流 禽獸之飛走也 草木之榮枯也 洪纖高下 各正性命者 是道而已 人生於天地間 得是道而爲人 參三才而中立 備萬物於一心 天之所以與我者厚 而道之所以行者 亦人而已 噫 斯道之熄 久矣 惟我文獻公 後程朱而挺生於東國 傳不傳之學 明久晦之道 允蹈實踐 而所以力行者篤 精詣深造 而所以體認者至 和順積中而闇然日章 英華發外而粹然體胖 其眞積力久之功 心得躬行之實 寔千載之眞儒也 百世之師表也

天之挺夫子 旣非偶然 而天之禍夫子 又何至是哉 使天而行夫子之道 庶幾世唐虞 人程朱 而嗟天之厄夫子之道 徒使塞之鍾 幷聲於宋之涪 天乎天乎 斯道之將喪乎

噫 夫子之歿 五十稔于玆 而夫子之祠 尙有闕然 顧非吾郡之深羞 而亦豈非吾道之深痛哉 昔程朱子歿 而學者慕之 一嘯詠一游息之地 無不起院而祠之 秉彝好德之天 自有不容誣者 況夫子之鄕乎

幸我諸君子 協心同志 始事於壬子 訖功於辛酉 首尾十年 凡指揮籌度之勤 實我三侯之掌中耳 始焉厄夫子 俾不克展其所蘊 而終焉惠三侯而祠夫子 使後學知有依歸 天之意亦有在也耶

余之生 後於夫子 雖未及摳衣於夫子之門 聞夫子之遺風 服夫

子之遺訓 竊自振勵 圖所以不獲罪於夫子之道 而倀倀末學 擿埴迷

途者久 乃今設夫子之廟 祀夫子之靈 而盈庭章甫 升降有次 拜揖

進退 怳然若列侍函丈 親承警咳 立懶起敬之間 藹然有自得之樂

則凡我後學之所以激勵其節操 鼓舞其性情者 未必不在於斯矣 吁

亦幸矣哉

祠宇與講堂暨東西齋及乎前門 總三十餘間 諸君子以余爲首事

請記其顚末 且名其齋舍 辭不獲 謹識其立院之意 而遂名其講堂曰

明誠 取中庸明則誠之意也 堂之夾室 左曰居敬 右曰集義 取程訓

之居敬窮理 鄒經之集義以生之旨也 齋之室 東曰養正 取義於蒙以

養正也 西曰輔仁 取義於以友輔仁也 齋之二軒 曰愛蓮 曰詠梅 前

之大門曰遵道 名各有義 而宣額曰蓋溪書院 院在蓋溪之上也

噫 書院之設於吾東者 周茂陵竹溪之後 始興於斯 吾儕僭踰 固

所難逃 而三侯之誠意 旣極繾綣 朝家之恩典 又炳煥 其衛吾道

扶世敎 而啓迪乎我民 吁亦韙矣哉 惟願諸君之居是院者 感三侯尙

賢之誠 慕夫子倡道之風 不徒慕之 而思所以學其道 不徒學之 而

思所以盡其道 體夫子沈潛精密之功 勵夫子篤實剛毅之志 而藏修

於斯 涵養於斯 于以審動靜存省之際 而變化其氣質 于以察性情隱

微之間 而薰陶其德性 則庶幾夫子之道賴以不墜 而蔚然多士之有

興矣 於是乎始無負於三侯 而吾儕之僭踰 亦有裨於國家右文之萬

一爾 嗚呼 可不勉哉 三侯爲誰 徐公九淵 尹公確 金公宇弘也 各

以儒行著于時

2. 姜士尙의 藍溪書院請額啓

삼가 살피건대, 유선儒先 정여창鄭汝昌은 바로 저희 고을 사람으로, 어려서부터 총명함이 남달랐습니다. 아버지 정육을鄭六乙이 의주통판義州通判으로 있을 때 중국 사신 장령張寧이 정여창을 보고 기이하게 여겨 명설名說과 함께 이름을 지어 주었습니다. 장성해서는 스스로 연마하여, 귀로 듣고 입으로 말하는 천박한 공부를 비루하게 여기고 성리性理에 관한 학문을 독실하게 좋아하여, 마음을 가라앉히고 탐구하니 깊이 터득한 바가 있었습니다. 평소 거처할 적에는 덕이 순수하여 자연스레 사람들이 심복하고 우러러보게 하였습니다. 부모의 초상을 치를 적에는 예법에 따라 장사하고 제사지냈으며, 하루도 상복을 벗지 않았고, 3년 동안 여막廬幕에서 나오지 않았습니다. 그는 일찌감치 은거할 뜻을 품고는 처자를 이끌고 두류산頭流山 아래 집을 지어 살면서, 자연을 읊으며 그곳에서 생을 마칠 것을 계획하였습니다.

그 후 성종께서 천거한 사람의 말을 받아들여 특별히 소격서참봉昭格署參奉에 제수하였으나 정여창은 상소를 올려 힘써 사양하였습니다. 그러자 성종께서 비답을 내려 윤허하지 않고 이르시기를 "그대의 행실을 듣고 나도 모르게 눈물을 흘렸다. 그 품행을 가릴 수 없음이 지금 오히려 이와 같으니, 이것이 그대의 훌륭한 점이다."라고

하였습니다. 그제야 과거시험에 응시하여 급제하였고,
곧바로 예문관 검열檢閱이 되었습니다. 이어 시강원 설
서說書로 옮겨 동궁東宮을 열심히 보필하고 인도하였습
니다. 동궁이 꺼리는 기색을 보이자, 마침내 청을 올려
안음현감安陰縣監이 되었습니다. 정사에 있어서는 인仁과
서恕를 급선무로 하니 교화가 신명처럼 이루어졌습니다.
또 아전의 일에도 밝아 아무도 감히 속이거나 숨기지 못
하였으며, 법령을 마련하여 이로움과 해로움을 곡진하게
살피니, 백성들이 지금까지도 그 혜택을 받고 있습니다.
특히 학문을 돈독히 하고 풍속을 교화하는 것을 임무로
여겨 봄과 가을에는 양로례養老禮를 행하였고, 또 재주에
따라 사람을 교육하여 성취시키는 것이 많았습니다. 그
러나 끝내 무오사화戊午史禍에 연루되어 종성鍾城에 유배
되었다가 세상을 떠났습니다.

중종께서 즉위하시어 널리 그의 무고함을 씻어 주고,
규례에 따라 도승지都承旨에 추증하였습니다. 후에 또 선
생께서 김굉필金宏弼 선생과 더불어 학술이 순정醇正하고
실천이 독실하며 서로 함께 학문을 연마한 것이 마치 고
정考亭[주희]과 남헌南軒[장식] 사이와 똑같아, 도道에 뜻
에 둔 선비들 가운데 여전히 그를 흠모하는 이들이 많다
는 대신들의 건의가 있었습니다. 그래서 송宋나라 조정
에서 염락濂洛의 제현諸賢[주돈이와 정호, 정이]을 포상하고
추숭한 고사를 본받아, 정여창이 평소 도를 강론하던 곳

에 사우祠宇를 세워 봄과 가을에 제사를 지내게 하고, 해마다 그의 집에 곡식을 하사할 것을 영원한 법령으로 세우라고 명하셨습니다. 그러나 당시에 도를 강론하던 장소가 없어져 버렸기 때문에 사우를 건립하지 못하였습니다. 사묘私廟에서 공적인 제사를 지내자니 예법에도 그런 근거가 없을 뿐만 아니라 형편 또한 이를 실행하기가 어려웠습니다.

지난번에 군수 서구연徐九淵이 처음 사우를 건립하고 곁에 당재堂齋를 지어, 장차 예법에 따라 위패를 봉안하고 선비들을 모아 학업을 닦도록 하려고 했으나, 결국 공사를 마치지 못했습니다. 그로부터 10여 년이 지난 지금에서야 그 일의 실마리에 나아가게 된 것입니다. 다만 지금 사우의 건립은 실로 선왕조[중종]의 유명遺命에 의한 것이지만, 만약 조정에 아뢰지도 않고 제멋대로 바꿔 세운다면, 지난날의 가묘家廟와 다를 바가 없고, 또 제사를 지내지 않는 것이나 마찬가지일 것입니다. 저 임고서원臨皋書院과 소수서원紹修書院은 모두 한때 고인을 추모하는 이들이 세운 것이지, 조정의 명령이나 사전祀典의 기록이 있지는 않았습니다. 그런데도 두 서원에는 모두 사액賜額하고 경전을 하사하였으며, 아울러 노비와 전답을 내려주어, 그 은전恩典을 극진히 해주셨습니다. 하물며 이 사우는 선왕조의 유지遺旨로 세운 것이니, 조정의 은혜로운 하사가 어찌 저 두 서원보다 못할 수 있겠습니까.

신들이 이런 이유로 삼가 생각건대, 정여창의 학문과
품행은 한 고을의 의표儀表가 될 뿐만 아니라 학사學士의
모범이 될 만합니다. 그런 까닭에 포상하고 추증하는 은
전이 선왕조에서 특별히 융숭하였고, 선비들의 추모가
오늘날에도 성대하게 일어나는 것입니다. 이는 실로 사
람들이 마음으로 한결같이 좋아하는 것이어서 그만둘 수
가 없습니다. 만약 위로 조정에 주달하여 사액과 숭장崇
獎을 받지 못한다면, 끝내 한 고을 선비들이 사사로이 세
운 서원이 되고 말 것이니, 일의 이치상 헤아려보아도 도
리어 편치 못하고, 또 영구히 유지되기도 어려울 것입니
다. 지금은 바야흐로 선왕의 뜻을 헤아려 계승해야 할 때
입니다. 만약 정려하고 사액하여 널리 은전을 베푸신다
면, 위로는 선왕의 아름다운 뜻을 이루고, 아래로는 풍속
을 교화하고 고무시키는 데 일조가 될 것입니다.

咸陽居進士姜翼等三十餘人狀告曰 謹按 儒先鄭汝昌 乃吾鄕人
也 自齠齔 聰睿不群 父六乙 通判義州時 華使張寧 見汝昌而奇之
作說以名之 及長 務自砥礪 鄙夷口耳之習 篤好性理之學 沈潛探
討 深有所得 其平居 德宇醇粹 自然使人厭服而尊仰之 執親之喪
葬祭以禮 一日不脫衰 三年不出廬 夙有晦養之志 挈妻子 結屋頭
流山下 嘯詠雲泉 以爲終焉之計

成廟用薦者言 特授昭格署參奉 陳疏力辭 則御批不允曰 聞爾
之行 予不覺出涕 行不可掩 今猶如此 是汝之善也 仍就試登科 卽

爲檢閱 乃遷說書 輔導勤切 東宮有憚色 遂乞補安陰縣 政先仁恕

化若神明 又精吏事 無敢欺蔽 設爲科條 曲盡利病 民到于今受其

賜 尤以敦學善俗爲務 春秋行養老禮 又隨材教人 多所成就 終坐

戊午之禍 配死鍾城

中宗受命 昔雪無罪 例贈承旨 後又因大臣獻議 以先生與金先

生宏弼 學術醇正 踐履篤實 相與講劘 猶考亭之與南軒 志道之士

尙多慕之 命倣宋朝褒崇濂洛諸賢故事 就平日講道之所 置立祠宇

春秋致祭 歲廩其家 以爲永式 而以當時無講道之所 故不立祠宇

設公祭於私廟 禮無所據 而勢亦難行

前者郡守徐九淵 始立祠宇 傍設堂齋 且將奉安以禮 儲士以脩

而未獲卒功 迄至十餘年 乃克就緒 第以今之建祠 實因先朝遺命

然若不稟朝命 而徑自變置 則無異於前日之家廟 而同於無祀矣 彼

臨皐紹修二院 皆出於一時慕古者之作 非有朝廷之命 祀典之載 而

亦皆賜額頒經 兼之臧獲土田 恩典極矣 況此有祠 出於先朝之遺旨

則寵命之賜 豈在二院之下乎

臣因竊思 惟汝昌學行 不獨爲一鄉之儀表 足爲學士之矜式 故

褒贈之典 特隆於先朝 而士子之景慕 蔚起於今日 實出於人心之同

好而不能已也 若不上達朝廷 賜額崇獎 則終爲一邑靑襟之私設 揆

諸事理 反爲未安 而難於永久 今方追考繼述之日 倘賜旌額 廣布

恩典 則庶幾上以成先王之美意 下以助風化之鼓舞矣

3. 李德懋의「灆溪廟庭碑」(『靑莊館全書』卷69)

남계서원은 문헌공文獻公 정일두鄭一蠹선생을 향사享祀하는 곳이다. 그 봉사손奉祀孫 덕제德濟가 묘정비廟庭碑를 세웠는데 비문은 본암本菴[김종후]이 지었다.

이 비문을 두고 마을의 대성大姓과 사족士族들의 논의가 거세게 일어났다. 비문에 성리학性理學의 도통道統을 차례대로 기록하면서 회재晦齋[이언적]선생을 기록하지 않은 것은 본암本菴의 과실이라 하였고, 이어 그렇게 쓰도록 종용한 덕제의 허물도 따졌다. 덕제가 어쩔 수 없이 본암에게 개찬改撰을 청하자, 본암이 제현諸賢을 차례로 나열했던 기록을 삭제하고 다만 '예닐곱 분이 나왔다'라고만 써서 비석에 그대로 새겼다.

그러나 사론士論은 여전히 '예닐곱 분이 나왔다'고 한 '예닐곱' 중에 또 회재를 넣지 않으려는 뜻이 포함되어 있다고 여겼다. 여론은 한층 더 거세지더니, 노선국盧宣國이 도끼로 비문을 찍어 본암의 이름을 깎아내 버렸다. 정씨鄭氏[정덕제]는 감사에게 고소하여 노선국을 함양咸陽옥에 가두게 하였다. 지금까지 두세 명의 감사를 거쳤지만, 모두 이 사건을 해결하지 못하였다.

정씨의 말에 의하면, '고을 내 사족士族의 조상들 가운데 이 서원書院의 창건에 공적이 있는 이가 많은데, 비문에는 다만 강개암姜介菴[강익]만을 일컫고 다른 사람은 조금도 언급되지 않았으므로 쟁론爭論이 일어났다.'라 하고, 사족士族들의 말에 의하면, '정씨가 사림士林과 논의하지 않고 한밤중에 몰래 이 비를 세웠으니 공론이 좋지 않다.'고 하였다. 비문의 내용은 다음과 같다.

우리나라는 기자箕子가 와서 오랑캐 땅이 중화中華의 문화를 받아들인 이후 2천여 년이 지났지만, 유학은 여전히 미약하였다. 고려高麗 때에 정포은鄭圃隱[정몽주] 한 분이 있었으나, 논자論者들이 더러 충절忠節로만 그 당시를 포괄하여 일컬으니, 대개 제대로 높일 줄을 몰랐던 것이다.

그 후 우뚝하니 이 도道를 제창하여 중국에서도 추락된 도통道統을 이은 것은, 실로 한훤당寒暄堂 김선생[김굉필]과 일두一蠹 정선생[정여창]에서 시작되었다. 이를 이은 정암[조광조]·퇴계[이황]·율곡[이이]·우계[성혼]·사계[김장생]·우암[송시열]·동춘[송준길] 등 여러 선생이 대대로 일어나 지금에 이르기까지 크게 빛나고 있으니, 천하 도통의 전수는 우리에게 돌아오게 되었다. 아, 훌륭한 일이다. 그런데 김선생과 정선생은 모두 화를 당해 그 말씀과 풍도가 후세에 그다지 잘 드러나지 않았으니, 이것이 바로 학자들이 천년 뒤에까지 숭모하면서도 애통해하는 이유이다.

정선생은 대대로 함양咸陽에 거주하였고, 그 자손이 지금까지도 그곳을 지키고 있다. 가정嘉靖 연간에 개암介庵

강익姜翼선생이 주창하여 남계서원을 세우고 선생을 향
사하였고, 병인년에 사액賜額을 받았다. 대개 우리나라
의 서원은 주무릉周武陵[주세붕]의 죽계竹溪에서 시작되었
고, 남계灆溪가 두 번째였다. 아, 선생은 학자의 조祖이
고, 남계는 서원의 종宗이었으니, 어찌 다시 이보다 더
높을 수 있겠는가. 서원이 세워진 지 200년이 지나도록
묘정廟庭에 비碑가 없었다. 이에 제생諸生들이 돌을 다듬
고 글을 새겨 비를 세울 것을 계획하고는 나[김종후]에게
비문을 써줄 것을 요청하였다. 나는 감히 적임자가 아니
라는 이유로 사양하지 못하였다.

삼가 살피건대, 선생의 중요한 행적은『실기實紀』에 대
략 기술되어 있다. 그 영명한 자질과 뛰어난 행실은 보
고 듣는 사람들이 모두 감복하였으니, 참으로 대현大賢의
한 기상이다. 경전을 궁구하여 성정性情과 리기理氣를 분
석한 일에 대해서는 추강秋江 남공南公[남효온]의 글에 갖
추어져 있으니, 후생인 내가 어찌 더 묘사할 것이 있겠
는가. 선생에 대한 포상과 추숭은 정암靜菴선생에서 시작
해 문익공文翼公 정광필鄭光弼과 문충공文忠公 이원익李元
翼이 연이어 조정에 아뢰어서, 마침내 만력萬曆 경술년
(1610)에 공자孔子의 묘정廟庭에 종사從祀되었다. 또 숙
종肅宗 을묘년에는 동계桐溪 정선생鄭先生[정온]을 서원에
배향하였고, 기사년에는 강개암姜介庵을 추가로 배향하
였다. 이는 모두 선비들이 상소하여 왕명을 받은 것이다.

개암선생은 젊어서는 해이함을 싫어하면서도 거리낌이 없이 행동했었는데, 후에는 변하여 도에 나아가기를 순후하게 하였다. 성誠과 효孝는 하늘로부터 타고났으며, 학문은 정미한 데로 나아갔다. 법도를 세움에 자득自得을 중시하였고, 쓰임이 있는 공부에 힘썼다. 관직에 천거되어 소격서참봉昭格署參奉에 제수되었으나 숙배肅拜하고는 세상을 떠났으니, 향년 40여 세였다. 당시 동료들이 경험 많고 덕행이 높은 분으로 추앙하였다.

동계桐溪선생은 휘諱가 온蘊이다. 진사시에 합격하고 행의行誼로 천거되었다가 곧이어 문과시험에 급제하고 관직이 이조 참판에 이르렀다. 얼굴빛을 바로하고 직언하는 것으로 조정에 출사했으며, 폐주廢主[광해군] 때에 아우 영창대군永昌大君을 죽이고 모후母后 인목대비仁穆大妃를 유폐하자는 논의를 비판하다가 제주濟州에 유배되었다. 10여 년 후 인조 병자년에 남한산성南漢山城이 포위되자, 수차례 상소하여 오랑캐와의 화친을 힘껏 항변하였고, 그 말이 받아들여지지 않자 차고 있던 단검을 뽑아 할복을 시도하였으나 목숨을 잃지는 않았다. 산속으로 들어가 살다가 세상을 떠났으니, 마침내 몸소 천하에서 만세토록 강상綱常의 막중ㅅ함을 짊어지게 되었다.

아, 정선생의 도는 참으로 높다. 강선생과 정선생은 독실한 학문으로, 혹은 높은 절의로 종향從享하고 있으니, 길이 후세에 드리워져 없어지지 않을 것인데, 어찌 비석 세우기를 기다리겠는가. 비록 그렇기는 하지만, 지금 이후로 이 서원에 들어와 이 비석을 보는 사람들은 선생의 도덕과 절의에 감동받아 자신을 면려할 줄 알게 될 것이며, 들어가면 가정에서는 효도하고 고을에서는 어른들을 따르며, 나아오면 나라에 충성하게 될 것이니, 이 비석이 또한 이에 일조할 것이다. 그러니 여러 군자들이 어찌 서로 힘쓰지 않겠는가. 청풍淸風의 후학 김종후金鍾厚가 찬撰하고, 황운조黃運祚가 쓰다.

潾溪書院 卽鄭文獻公一蠹先生俎豆之所也 其奉祀孫德濟 建廟庭碑 本菴撰 鄕中諸大姓士族 評議峻發 以碑文列叙理學道統 而不錄晦齋先生 爲本菴之過 仍論德濟慫恿之罪 德濟不得已 稟本菴改撰 本菴遂刪諸賢之歷叙者 只稱六七作 仍上石 士論猶以爲六七作之中 亦含不錄晦齋之意 轉益層激 盧氏宣國 斧斲其碑 鑿去本菴姓名 鄭氏訴于監司 因係宣國于咸陽獄 今經二三監司 俱未決折 聞鄭氏言 則以爲鄕中士族之祖先 多有創建之功 而碑中祇稱姜介菴 它不槪見 故起爭端 聞士族之言 則以爲鄭氏不謀士林 半夜竪碑 公議不平云 其碑曰

我東自箕子 以夷爲華 旣二千餘年 而儒學猶蔑蔑 高麗有一鄭圃隱 而論者或以忠節 掩之當時 蓋未知尊也 其卓然爲斯道倡 接墜緖於中土者 實自寒暄金先生·一蠹鄭先生始 沿是而有靜菴退溪栗谷牛溪沙溪尤菴同春諸先生 代作 至于今 磊落煇赫 而天下道統之傳 歸于我矣 猗歟盛哉 然而金鄭二先生 皆遘禍 言論風旨不甚顯 此學者所以想慕痛慨於千載之下者也

鄭先生世居咸陽 子孫尙傳守焉 嘉靖年間 有介菴姜先生翼 倡議立灆溪書院 以祠先生 丙寅賜額 蓋國朝之有書院 刱于周武陵之竹溪 而灆溪次之 嗚呼 先生者 學者之祖也 灆溪者 書院之宗也 豈復有尙於此者乎 書院之作 踰二百年 而庭無碑 諸生方謀伐石 刻辭以竪之 徵文於鍾厚 鍾厚不敢以匪人辭

謹按 先生事行大致 晷著於實紀 而其英資異行 見聞皆服 斯固大賢之一節 至若究貫經子 辨析性氣 則秋江南公撰述 備矣 後生小子 何敢更爲模象也哉 其旌褒則發自靜菴先生 以及鄭文翼公光弼 · 李文忠公元翼 連陳于朝 遂於萬曆庚戌 從祀孔子廟庭 肅宗乙卯 以鄭桐溪先生配 己巳 又享以姜介菴 皆多士疏請得命也

介菴先生 少斥弛不羈 變而之道 醇如也 誠孝出天 學造精微立法以貴自得 務勉强爲主用 薦除昭格署參奉 拜而卒 時年四十餘 而同時儕類 咸推之爲老成宿德焉

桐溪先生諱蘊 擧進士 薦以行誼 尋擢文科 官止吏曹參判 正色直言以立朝 廢主時 斥殺弟鋼母妃之議 竄濟州 十年後 當仁祖丙子 在南溪圍中 屢抗章 力爭和虜 不得則抽佩刀刳腹 不殊 屏居岩谷以終 遂以身負天下萬世綱常之重

噫 鄭先生之道 尙矣 若姜鄭二先生 或以篤學 或以峻節 皆從與享之 斯可以永垂來後而不泯 何待碑哉 雖然 從今以往 入是院而覩是碑者 爲激感於諸先生之道德節義 而知自勵 入而孝順於家於鄕 出而忠於國 則碑亦有助矣 諸君子 盍相與勉之 後學淸風金鍾厚撰 黃運祚書

4. 金鍾厚의 「灆溪書院廟庭碑」(『本庵集』 卷七)

우리나라는 기자箕子가 와서 오랑캐 땅이 중화中華의 문화를 받아들인 이후 2천여 년이 지났지만, 유학은 여전히 미약하였다. 고려高麗 때에 정포은鄭圃隱[정몽주] 한 분이 있었으나, 논자論者들이 더러 충절忠節로만 그 당시를 포괄하여 일컬으니, 대개 제대로 높일 줄을 몰랐던 것이다. 그 후 우뚝하니 이 도道를 제창하여 중국에서도 추락된 도통道統을 이은 것은, 실로 한훤당寒暄堂 김선생[김굉필]과 일두一蠹 정선생[정여창]에서 시작되었다. 이를 이어 예닐곱 분의 노선생이 대대로 일어나 지금에 이르기까지 크게 빛나고 있으니, 천하 도통의 전수는 우리에게 돌아오게 되었다. 아, 훌륭한 일이다. 그런데 김선생과 정선생은 모두 화를 당해 그 말씀과 풍도가 후세에 그다지 잘 드러나지 않았으니, 이것이 바로 학자들이 천년 뒤에까지 숭모하면서도 애통해하는 이유이다.

정선생은 대대로 함양咸陽에 거주하였고, 그 자손이 지금까지도 그곳을 지키고 있다. 가정嘉靖 연간에 개암介庵 강익姜翼선생이 주창하여 남계서원을 세우고 선생을 향사하였고, 병인년에 사액賜額을 받았다. 대개 우리나라의 서원은 주무릉周武陵[주세붕]의 죽계竹溪에서 시작되었고, 남계灆溪가 두 번째였다. 아, 선생은 학자의 조祖이고, 남계는 서원의 종宗이었으니, 어찌 다시 이보다 더

높을 수 있겠는가. 서원이 세워진 지 200년이 지나도록 묘정廟庭에 비碑가 없었다. 이에 제생諸生들이 돌을 다듬고 글을 새겨 비를 세울 것을 계획하고는 나[김종후]에게 비문을 써줄 것을 요청하였다. 나는 감히 적임자가 아니라는 이유로 사양하지 못하였다.

삼가 살피건대, 선생의 중요한 행적은 『실기實紀』에 대략 기술되어 있다. 그 영명한 자질과 뛰어난 행실은 보고 듣는 사람들이 모두 감복하였으니, 참으로 대현大賢의 한 기상이다. 경전을 궁구하여 성정性情과 리기理氣를 분석한 일에 대해서는 추강秋江 남공南公[남효온]의 글에 갖추어져 있으니, 후생인 내가 어찌 더 묘사할 것이 있겠는가. 선생에 대한 포상과 추숭은 정암靜菴선생에서 시작해 문익공文翼公 정광필鄭光弼과 문충공文忠公 이원익李元翼이 연이어 조정에 아뢰어서, 마침내 만력萬曆 경술년(1610)에 공자孔子의 묘정廟庭에 종사從祀되었다. 또 숙종肅宗 을묘년에는 동계桐溪 정선생鄭先生[정온]을 서원에 배향하였고, 기사년에는 강개암姜介庵을 추가로 배향하였다. 이는 모두 선비들이 상소하여 왕명을 받은 것이다.

개암선생은 젊어서는 해이함을 싫어하면서도 거리낌이 없이 행동했었는데, 후에는 변하여 도에 나아가기를 순후하게 하였다. 성誠과 효孝는 하늘로부터 타고났으며, 학문은 정미한 데로 나아갔다. 법도를 세움에 자득自得을 중시하였고, 쓰임이 있는 공부에 힘썼다. 관직에 천거되어 소격서참봉昭格署參奉에 제수되었으나 숙배肅拜하고는 세상을 떠났으니, 향년 40여 세였다. 당시 동료들이 경험 많고 덕행이 높은 분으로 추앙하였다.

동계桐溪선생은 휘諱가 온蘊이다. 진사시에 합격하고 행의行誼로 천거되었다가 곧이어 문과시험에 급제하고 관직이 이조 참판에 이르렀다. 얼굴빛을 바로하고 직언하는 것으로 조정에 출사했으며, 폐주廢主[광해군] 때에 아우 영창대군永昌大君을 죽이고 모후母后 인목대비仁穆大妃를 유폐하자는 논의를 비판하다가 제주濟州에 유배되었다. 10여 년 후 인조 병자년에 남한산성南漢山城이 포위되자, 수차례 상소하여 오랑캐와의 화친을 힘껏 항변하였고, 그 말이 받아들여지지 않자 차고 있던 단검을 뽑아 할복을 시도하였으나 목숨을 잃지는 않았다. 산속으로 들어가 살다가 세상을 떠났으니, 마침내 몸소 천하에서 만세토록 강상綱常의 막중함을 짊어지게 되었다.

아, 정선생의 도는 참으로 높다. 강선생과 정선생은 독실한 학문으로, 혹은 높은 절의로 종향從享하고 있으니, 길이 후세에 드리워져 없어지지 않을 것인데, 어찌 비석 세우기를 기다리겠는가. 비록 그렇기는 하지만, 지금 이후로 이 서원에 들어와 이 비석을 보는 사람들은 선생의 도덕과 절의에 감동받아 자신을 면려할 줄 알게 될 것이며, 들어가면 가정에서는 효도하고 고을에서는 어른들을 따르며, 나아오면 나라에 충성하게 될 것이니, 이 비석이 또한 이에 일조할 것이다. 그러니 여러 군자들이 어찌 서로 힘쓰지 않겠는가.

我東自箕子 以夷爲華 旣二千餘年 而儒學猶蓁蓁 高麗有一鄭
圃隱 而論者或以忠節 掩之當時 蓋未知尊也 其卓然爲斯道倡 接
墜緖於中土者 實自寒暄金先生·一蠹鄭先生始 繼之以諸老先生六
七作 至于今 磊落煇赫 而天下道統之傳 歸于我矣獨歟盛哉 然而
金鄭二先生 皆邁禍 言論風旨 不甚顯 此學者所以想慕痛慨於千載
之下者也

鄭先生世居咸陽 子孫尙傳守焉 嘉靖年間 有介菴姜先生翼 倡
議立灆溪書院 以祠先生 丙寅賜額 蓋國朝之有書院 刱于周武陵之
竹溪 而灆溪次之 塢呼 先生者 學者之祖也 灆溪者 書院之宗也
豈復有尙於此者乎 書院之作 踰二百年 而庭無碑 諸生方謀伐石
刻辭以竪之 徵文於鍾厚 鍾厚不敢以匪人辭

謹按 先生事行大致 晷著於實紀 而其英資異行 見聞皆服 斯固
大賢之一節 至若究貫經子 辨析性氣 則秋江南公撰述 備矣 後生
小子 何敢更爲模象也哉 其旌襃則發自靜菴先生 以及鄭文翼公光
弼·李文忠公元翼 連陳于朝 逮於萬曆庚戌 從祀孔子廟庭 肅宗乙
卯 以鄭桐溪先生配 己巳 又享以姜介菴 皆多士疏請得命也

介菴先生 少斥弛不羈 變而之道 醇如也 誠孝出天 學造精微 立
法以貴自得 務勉强爲主用 薦除昭格署參奉 拜而卒 時年四十餘
而同時儕類 咸推之爲老成宿德焉

桐溪先生諱蘊 擧進士 薦以行誼 尋擢文科 官止吏曹參判 正色
直言以立朝 廢主時 斥殺弟鋼母妃之議 竄濟州 十年後 當仁祖丙

子 在南溪園中 屢抗章 力爭和虜 不得則抽佩刀剚腹 不殊 屏居岩
谷以終 遂以身負天下萬世綱常之重

噫 鄭先生之道 尙矣 若姜鄭二先生 或以篤學 或以峻節 皆從與
享之 斯可以永垂來後而不泯 何待碑哉 雖然 從今以往 入是院而
覩是碑者 爲激感於諸先生之道德節義 而知自勵 入而孝順於家於
鄕 出而忠於國 則碑亦有助矣 諸君子 盍相與勉之

5. 鄭煥弼의 「風詠樓記」

남계서원灆溪書院이 창설創設된지 오래되었다. 주무릉周武陵이 죽계竹溪에 백운동서원白雲洞書院을 세운 이후 서원을 창설한 자는 오직 개암介庵 강선생姜先生뿐이다. 개암은 문헌공文獻公보다 50년 뒤에 태어나, 선생의 덕德을 사모하고 선생의 도道를 강론하였다. 향리의 몇몇 선비들과 더불어 한마음으로 서로 도와서 사우祠宇, 강당講堂, 동재東齋, 서재西齋 및 앞의 대문 수십여 칸을 세우고는, 선현先賢을 존숭하고 후학後學을 계도하는 터전으로 삼았다. 이어 이름을 붙였는데, 각각에는 의미가 있었다. 예컨대 명성당明誠堂, 거경재居敬齋, 집의재集義齋와 같은 부류가 바로 이것이다. 또 애련헌愛蓮軒이라 하고 영매헌詠梅軒이라 이름한 것은, 재사齋舍 앞에 연못을 파고 연못가에 언덕을 쌓으니 연꽃을 감상할 만하고 매화를 읊을 만해서였다. 준도문遵道門이라고 이름한 것은, 이곳으로부터 실천하면 도가 여기에 있기 때문이다. 이에 서원의 제도가 비로소 크게 갖추어지게 되었다.

그러나 학자들은 강론하고 유식游息하는 여가에 마음을 후련하게 풀어낼 곳이 없어서는 안 된다. 선부로先父老들께서 미처 공사를 도모할 겨를도 없이 지금 수백 년이 지나버렸다. 이에 경자년(1840) 가을, 유생儒生들의 논의가 다시 일어나 가형家兄 정환조鄭煥祖에게 그 일을 주관하라고 부탁하였다. 가형이 현인을 존숭하고 도를 보호하는 데 일찍부터 정성과 노력을 기울이고 있었기 때문이다.

이에 건립하는 모든 일을 실제로 점검하여 거행하였고, 노광표盧光表 군과 강대로姜大魯 군 그리고 족제族弟 정환룡鄭煥龍도 참여하여 도왔다. 모두들 이르기를 '여러 층의 높은 누樓를 세워 한갓 외관을 아름답게 만들기보다는, 옛것에 근거해 새로 지어서 우리의 가슴속을 시원하게 풀어내는 것이 어떻겠습니까?'라고 하였다. 마침내 준도문 위에다가 작은 누대를 지었다. 그 누대는 상하 모두 10여 칸이다. 이듬해인 신축년(1841) 6월 20일에 낙성하였다. 원근의 선비들이 많이들 찾아와 하례하였고, 군수 강이문姜彝文도 참석하였는데, 읍양揖讓의 모습과 진퇴進退의 절차가 성대하여 볼만하였다.

무릇 풍영루의 모습은 그다지 빼어나지도 않지만, 장대하고 화려한 모습으로 일신하였고, 백 척 높이에는 못 미치지만 멀리 바라보면 사방을 한눈에 볼 수 있다. 교외郊外가 평평하니 펼쳐져 있고, 천택川澤이 휘감아서 흘러가며, 저 멀리 숲은 무성하니 우거져 있고, 저물녘의 노을은 자욱하다. 백암산白巖山의 몇몇 짙푸른 봉우리가 저녁 빗속에 반쯤 숨어있고, 뇌계瀨溪의 한 방면은 아침 해가 비추자 온전히 모습을 드러낸다. 대나무와 잣나무가 우거진 앞 촌락에선 우는 새가 봄을 재촉하고, 오래된 농가에선 늙은 농부가 가을철임을 알린다. 풍월風月은 아름다움을 드러내고 연하煙霞가 기교를 부리니, 일순간의 온갖 기이한 그 모습을 황홀하여 형용하기 어렵다.

이 풍영루에 오르면, 마음이 넓어지고 정신이 즐거워져 함영涵泳하고 쇄락灑落해지니, 아득히 자득自得하는 뜻을 품게 된다. 더구나 두류산頭流山의 만 겹 봉우리와 화림천花林川의 아홉 굽이 물에서 선생의 청풍淸風을 보고 선생의 기상氣象을 우러러볼 수 있음이, 흡사 강석講席에 나란히 모시고 증점曾點이 비파를 내려놓고 대답한 아취雅趣가 있는 듯함에 있었으랴. 그래서 '풍영루風詠樓'라 이름하였다. 준도문遵道門의 옛 현판은 개암介庵이 이름하고 매암梅菴이 쓴 글씨이다. 문 위에 나란히 걸어서 선현의 유적을 민멸시키지 않는 뜻을 드러내었다.

아, 증점은 부자[공자]의 문도이고 우리는 선생의 문도이니, 증점이 부자를 배워 무우舞雩에서 바람 쐬고 읊조리며 돌아온 아취가 있었으니, 선생을 배우는 우리가 어찌 증점과 똑같은 생각이 없을 수 있겠는가. 드디어 비파를 당겨 다음과 같이 노래한다.

봄날 해가 더디고 더디니
봄옷을 더 만들었도다
적지도 않고 많지도 않은
관자와 동자 대여섯이라

봉황이 높이 날아오르니

어찌 내가 유식하지 않으랴

유유자적하며 실컷 노니는 동안

스스로 터득하게 하였네

이미 큰 뜻을 알았으니

천리와 융화하고 사욕을 벗어나리

넘실대는 저 남계의 물은

몸을 씻을 만하고

우뚝 솟은 저 대고대는

바람을 쐴 만하였지

이 풍영루가 때마침 완성되었으니

내 장차 소리내어 읊조리며 돌아가리라

낙성하는 날 고을의 장로長老들이 나에게 기문을 지으라고 부탁하였다. 식견이 부족한 내가 맡기에는 참람한 일임을 잘 알지만, 장로들의 은근한 부탁을 저버릴 수 없어 이렇게 기문을 짓는다.

灆院之創設 久矣 始於周茂陵竹溪之後 而創之者 惟介菴姜先生也 介菴生于文獻公五十載之下 慕先生之德 講先生之道 與鄕士若干人 同心協贊 立祠宇講堂東西齋及前門數十餘間 以爲尊先賢牖後學之地 而仍以命名焉 各有義 若明誠居敬集義之類是也 且夫曰愛蓮 曰詠梅者 齋前鑿塘 塘外築塢 蓮可賞而梅可賦也 曰遵道者由是而行 道在斯焉 於是乎院之制始大備矣

然而學者於講論游息之暇 不可無暢敍之所 先父老圖惟經始之
未遑者 數百年于茲矣 迺於庚子秋 儒議復起 屬家兄煥祖 幹其事
蓋以其尊賢衛道 夙有誠力故耳 于以營繕百務 實檢擧是 盧君光表
姜君大魯族弟煥龍 亦與有相焉 咸以謂與其創立層榭 徒取觀美 曷
若因舊貫增新制 恢拓我胸次也 遂就邃道門上 葺之以小樓 樓凡上
下十許間 以翌年辛丑六月二十日落之 遠近章甫 濟濟趨賀 主守姜
侯彝文亦來會 揖讓之風 進退之節 蔚然可觀也

夫樓之爲制也 不甚宏傑 而奐輪聳革 倏然改觀 不百尺而逈臨
有四望之攸同 郊坰平曠 川澤縈洄 遙林蔥蒨 晚靄依霏 巖山數黛
入暮雨而半隱 潘溪一面 帶朝旭而全露 竹柏前村 啼鳥催春 穜稑
古巷 老農知秋 風月呈美 煙霞獻技 一瞥千奇 恍惚難狀

登斯樓也 則心廣神怡 涵泳灑落 悠然有自得這意 矧乎頭流萬疊
之峯 花林九曲之流 庶可以覽先生之淸風 仰先生之氣象 恰若列侍
函筵 有點也鏗爾舍瑟之趣 故因名之風詠樓 若邃道舊楣 則介菴之
錫號 梅菴之心畫 列揭于門上 以示不泯先賢遺蹟之意

噫 曾點 夫子之徒也 吾儕 先生之徒也 學夫子而有風乎詠而之
趣 則學先生者 烏可無一般這箇想耶 遂援瑟而爲之歌曰 麗景暹暹
兮 增乎春服 無小無大兮 冠童伍六 鳳凰高騫兮 盍余游息 優遊厭飫
兮 使自得 已見大意兮 融理而蛻慾 灝水之洋洋兮 可以浴 孤臺之屹
屹兮 可以風 茲樓之適成兮 吾將詠歸飀飀 落成之日 鄕長老屬余 爲
之記 余以謏識 極知僭汰 而長老之勤託 有不可孤 是爲之記

6. 奇正鎭의「風詠樓重修記」

대행왕大行王 13년(헌종13) 정미년(1847)에 남계서원의 풍영루가 불에 탔고, 3년이 지난 기유년(1849)에 비로소 중건하였다. 성균관 유생 정환필鄭煥弼은 일두 선생의 후손이다. 많은 선비들의 뜻을 모아 벗인 나[기정진]에게 기문을 쓰게 하였다. 나는 주저하며 감히 즉시 붓을 들지 못하고, 먼저 풍영루라 이름한 연유를 물었다.

정환필이 말하기를 "대개 듣자하니, 성인聖人은 도에 있어서 한쪽 면만을 들어 말한 적이 없습니다. 우선 그 한두 가지를 말해 본다면, 산수山水에서 인자仁者와 지자智者의 즐거움을 말한 것과, 높고 낮음[崇卑]은 예를 아는[知禮] 덕을 형상하고, 당실堂室은 도에 나아간 경지를 비유한 것이 모두 이런 경우입니다. 이 뜻을 미루어 살펴보면, 증점이 기수에서 목욕하고 무우에서 바람을 쐰후, 시를 읊으며 돌아오겠다고 한 것과 안연이 누추한 시골 거리에 살면서 도를 어기지 않음이 마치 어리석은 사람처럼 보였던 것은, 그 규모나 기상이 비록 같지는 않지만, 배우는 자들은 그 중 하나라도 없애거나 강론하지 않아서는 안 되는 것이 분명합니다. 이 서원에 거경재와 집의재가 있는 것은, 대체로 증자와 맹자의 뜻을 미루어 체용의 학문으로 삼고자 한 것입니다. 이는 이른바 안자가 배운 바를 배우되, 시위를 당기기만 하고 풀어주지 않는다면 문왕과 무왕도 다스릴 수 없을 것이니, 정신을 발산시키고 성정을 안정시켜 조양하는 한쪽 편의 일을 없앨 수 있겠습니까? 이것이 이 누대가 훗날 세워지고 풍영루라 이름할 수밖에 없었던 까닭입니다"라고 하였다.

내가 일어나서 다음과 같이 대답하였다. "그 이름붙인 것이 또한 훌륭하지 않은가. 이는 실로 비루한 제가 듣고자 했던 것입니다. 이 풍영루에 오르고, 이 재실에 들어온 학자들이 이들 편액에서 그 뜻을 체인體認한다면, 나아갈 바를 헤매지 않을 것입니다. 그러니 제가 또 무슨 말로 칭송하겠습니까. 다만 생각건대, '풍영風詠'이란 뜻은 '연비어약鳶飛魚躍'과 생동감 넘치는 경지가 똑같으니, 어찌 당기고 늦추는 것으로만 말할 수 있겠습니까. 이 일은 단지 자품資稟과 학력學力만을 물은 것일 뿐입니다. 증점은 자품이 고상한지라 단계를 말미암지 않고도 넉넉히 대의大意를 깨달았지만, 증점과 같은 자품이 없으면서도 그의 '풍영'을 흠모하는 자들은, 학력이 아니면 무엇으로 그렇게 하겠습니까. 오직 지키기를 오래한 뒤에 거기에 처하는 것이 편안하고, 처하는 것이 편안한 후에야 바탕하고 있는 것이 깊어지고, 바탕으로 하는 바가 깊어진 후에야 내 좌우에서 취하여도 그 근원을 만날 수 있을 것이니, 이래야만 비파를 내려놓고 대답한 그 뜻이 내 마음에 있게 될 것입니다. 그러니 지키는 바의 경지가 어찌 다른 것이 있겠습니까. 이른바 경敬과 의義에 불과할 뿐입니다. 선생의 연원淵源과 실질적인 학문은, 비록 후생의 좁은 소견으로 헤아려 알 수 없으나, 여러 선생들이 시대를 거슬러 올라가 일두선생에 대해 논한 것을 모아서 상상해 보면, 이른바 움직이지 않아도 공경하며, 말하지 않아도 믿게 하는 경지이니, 그 심후深厚함과 독실篤實함이 어떠하였겠습니까. 선생께서 지은 '조각배 타고서 다시 큰 강 따라 내려가네'라고 읊은 시를 음미해 보면, 무우에서 바람을 쐬고 기수에서 목욕한 증점의 기상이 은은히 배어있으니, 이것이 어찌 흠모하고 바란다고 얻을 수 있겠습니까. 지키기를 오래해야 저절로 이 경지에 이를 뿐입니다. 나는 늙었고 고질병에 걸려 비록 장수藏修의 반열에 나아가지는 못하지만, 여러 군자들과 함께 서로 권면하기를 바랍니다. 서원의 사당에는 선생을 제향祭享하고 동계桐溪 정온鄭蘊와 개암介庵 강익姜翼 두 선생을 배향하였으며, 별사別祠에는 뇌계㵢溪 유호인兪好仁와 송탄松灘 정홍서鄭弘緒 두 선생을 배향하고 있습니다. 두류산頭流山과 백암산白巖山, 남계灆溪와 위수渭水는 모두 바라보이는 산수 가운데 기록할 만한 것들입니다."

大行王十三年丁未 灆溪書院之風詠樓燬 粤三年己酉 始克重建
上庠生鄭煥弼 一蠹先生裔孫 致多士之意 命其友生奇正鎭記之 正
鎭踧踖不敢卽滋筆 先問樓所以命名之由

煥弼曰 蓋聞聖人之於道 未嘗爲一隅語 且言其一二則如山水言
仁智之樂 崇卑狀知禮之德 堂室況造道之域者 皆是也 推斯義也

曾氏之沂上風詠 與顔子之巷居如愚 規模氣象 雖有不同 而學者不
可廢一而不講也明矣 是院之有居敬集義齋者 蓋將追曾孟之志 以
事體用之學 是所謂學顔子之所學 而張而不弛 文武不能 發舒精神
休養性情 又烏可無一段事乎 此樓之所以創於後 而命名之不得不
然者也

正鎭作而對曰 不亦善夫 其名之也 此固鄙生之所願聞 學者之
登斯樓入斯齋者 卽齋樓之扁而體認之 亦可以不迷於所從矣 正鎭
又何辭以贊 第念風詠之旨 與鳶飛魚躍 同活潑潑之地 豈可但以張
弛言乎哉 此事只問天姿學力 曾氏 惟天姿高 能不由階級而優見大
意 無曾氏之天姿 而慕曾氏之風詠 非學力何以哉 惟守之久而後居
之安 居之安而後資之深 資之深而後左右逢其原 於是乎舍瑟之對
在吳方寸間矣 所守之地 豈有他哉 不過所謂敬與義而已 先生之淵
源實學 雖非後生之蠡測 集諸先生之尙論而想像之 蓋所謂不動而
敬 不言而信者 其深厚篤實何如也 及味孤舟下江數句 則隱然有風
浴氣象 此豈懸慕企望而得之哉 守之久而自至耳 正鎭衰暹錮廢 雖
不獲趁於藏修之列 願與諸君子相勉焉 院有正宇 以享先生 而桐溪
介菴二先生配侑焉 有別祠 㶁溪松灘二先生享之 頭流白巖藍溪渭
水 皆眺望山水之可記者云

참고문헌

국학진흥연구사업추진위원회(1995), 『고문서집성 24 남계
　　서원편』, 한국정신문화연구원.

국립문화재연구소(2013), 『서원향사』, 예맥.

함양문화원 향토문화연구소(2004), 『함양역사인물록 Ⅰ,
　　Ⅱ』, 함양문화원.

이수환(2001), 『조선후기 서원 연구』, 일조각.

이상해·안장헌(2004), 『서원』, 열화당.

김수환 등(2011), 『도시는 역사다』, 서해문집.

김기주(2013), 『서원으로 남명학파를 보다』, 경인문화사.

윤희면(2008), 「경상도 함양의 남계서원 연구」, 『남명학연
　　구』제26집, 경상대학교 남명학연구소.

정우락(2012), 「일두 정여창의 학문과 문화공간으로서의
　　악양정과 남계서원」, 『남명학연구』제36집, 경상대학교

남명학연구소.

전용우(1985), 「조선조 서원·사우에 대한 일고찰」, 『호서 사학』 13호, 호서사학회.

윤희면(2004), 「조선시대 서원 정책과 서원의 설립 실태」, 『역사학보』 제181집.

이수환(2001), 「영남서원의 자료 현황과 특징」, 『대구사학』 제65집, 대구사학회.

주

01 『明宗實錄』卷33, 21年 6月 15日 첫 번째 기사, "上下其議于
禮曹 禮曹請賜額賜書 以示獎勉 上從之 賜號曰灆溪書院"

02 『荀子』「宥坐」, "孔子觀於東流之水 子貢問於孔子曰 君子
之所以見大水必觀焉者是何 孔子曰 夫水大 遍與諸生而無
爲也 似德 其流也埤下 裾拘必循其理 似義 其洸洸乎不淈盡
似道 若有決行之 其應佚若聲響 其赴百仞之穀不懼 似勇 主
量必平 似法 盈不求概 似正 淖約微達 似察 以出以入 以就
鮮絜 似善化 其萬折也必東 似志 是故君子見大水必觀焉"

03 鄭汝昌, 『一蠹先生遺集』卷二, 「褒贈祀典」, "壬子介菴姜
翼與朴君承任盧徒菴祼鄭梅村復顯林君希茂相議曰 吾鄕乃
一蠹先生之鄕 而先生之歿已至五十年 尙無建院立祠之擧
實吾鄕之羞咸曰然 乃創立書院是時也 我東方書院惟周茂
陵設竹溪之外無有焉 見聞未熟不無異議 介菴毅然不動決
意擧役 鄕之儒士爭致米穀 隣邑之來助者亦衆 郡守徐候九
淵盡心以助 旣立講堂而徐候遞去時又不稔 故堂未瓦而遂
停其役 殖餘財以待贍而期訖功"

04 강익, 『개암집』상, 「남계서원기」, "幸我諸君子 協心同志 始

175

事於壬子 訖功於辛酉 首尾十年 凡指揮籌度之勤 實我三侯
之掌中耳 始焉厄夫子 俾不克展其所蘊 而終焉惠三侯而祠
夫子 使後學知有依歸 天之意亦有在也耶 余之生 後於夫
子 雖未及摳衣於夫子之門 聞夫子之遺風 服夫子之遺訓
竊自振勵 圖所以不獲罪於夫子之道 而倀倀末學 擿埴迷
途者久"

05 『명종실록』33권, 21년 6월 15일갑술, "被臨皋紹修二院 皆
出於一時慕古者之作 非有朝廷之命 祀典之載 而亦皆賜額
頒經 兼之藏獲土田 恩典極矣 況此有祠 出於先朝之遺旨
則寵命之賜 豈在於二院之下乎 臣因竊思惟 汝昌學行 不獨
爲一鄉之儀表 足爲學士之矜式 故褒贈之典 特隆於先朝 而
士子之景慕 蔚起於今日 實出於人心之同好 而不能已也 若
不上達朝廷 賜額崇獎 則終爲一邑青衿之私設 揆諸事理 反
爲未安 而難於永久 今方追孝繼述之日 倘賜旌額 廣布恩典
則庶幾上以成先王之美意 下以助風化之鼓舞矣"

06 鄭慶雲, 『孤臺日錄』卷3, 1599년 1월 28일조, "搜見書院
册子 只有杜詩全帙 而其他語類及性理大全 散失過半其餘
盡焚 可痛"

07 정경운,『고대일록』권3, 1599년 3월 15일조, "余往書院 開
見位板所藏處 則兩歲土中一無所傷 粉面如新字畫不剜 兇
賊之禍亦不及焉 苟非天祐而鬼訶何能若是耶 造少宇二間
以謀奉安"

08 김기주, 『서원으로 남명학파를 보다』경인문화사, 2013
60-61쪽에서 보다 자세하게 이 주제와 관련된 논의를 진행
하고 있으니 참고할 수 있다.

09 "- 諸生讀書 以四書伍經爲本源 小學家禮爲門戶 遵國家作
養之方 守聖賢親切之訓 知萬善本具於我 信古道可踐於

今 皆務爲躬行心得 明體適用之學 其諸史子集文章科擧
之業 亦不可不爲之旁務博通 然當知內外本末輕重緩急
之序 常自激昂 莫令墜墮 自餘邪誕妖異淫僻之書 不得
入焉近眼 以亂道惑志

- 諸生立志堅固 趨向正直 業以遠大自期 行以道義爲歸者
爲善學 其處心卑下 取舍眩惑知識未脫於俗陋 意望全在
於利欲者 爲非學 如有性行乖常 非笑禮法 侮慢聖賢 詭經
反道 醜言辱親 敗群不率者 院中共擯之

- 諸生常宜靜處各齋 專精讀書 非因講究疑難 不宜浪過他
齋 虛談度日 以致彼我荒思廢業 無故無告 無頻數出入 凡
衣冠作止言行之間 各務切偲 相勸以善

- 泮宮明倫堂 揭伊川先生四勿箴 晦菴先生白鹿洞書院十
訓 陳茂卿夙興夜寐箴 此意甚好 院中以此揭諸壁上 以相
規警

- 書不得出門 色不得入門 酒不得釀 刑不得用 書出易失
色入易汚 釀非學士宜 刑非儒冠事 凡爲諸生或有司 以私
怒推打於外人之類 此最不可開端 若院屬人有罪 則不可
舍 小則有司 大則與上有司同議論罰

- 院有司 以近居廉幹品官一人爲差定 又擇儒士之識事理
有行義衆所推服者一人 爲上有司 皆二年相遞

- 諸生與有司 務爲禮貌而相接 敬信而相待

- 院屬人完恤 有司及諸生 常須愛護下人 院事齋事外 毋得
人人私使喚 私怒罰

- 立院養士 所以奉國家右文興學作新人才之意 人宜盡心
繼今莅者 必於院事 有增其制 無損其約 其於斯文 豈不
幸甚

- 童蒙非因受業與招致 不得入門內

177

- 寅生 不拘冠未冠 無定額 成才迺升院
- 院之經始 期傳永久 若不以時修葺 易至墮廢 如有雨漏敗
  毁處 有司卽申於官 及時修理
- 凡院生及尋院士子謁廟時 以程子冠黑團領行禮 黑團領
  若無 則以紅團領無妨"

10 "-有司傳受時財産及物品必對照後引繼事
- 院土稅金 自院擔當賭稅額數 而若有災則看坪事
- 享禮經用以賭租中春秋各十五石式例封調用事
- 脯牛價一百五十兩以定事
- 院中財用無証 不得施行事
- 有司行公時接待費用二十五兩以內的定事
- 院中書册 非院中來讀者 切勿借給事
- 參謁員接待 若有過費量宜削事
- 書册 每年經夏後 照數曝曬事
- 未盡條件推後補益事"

11 "父子有親 君臣有義 夫婦有別 長幼有序 朋友有信右五敎
之目 堯舜使契爲司徒 敬敷五敎 卽此是也 學者學此而已
而其所以學之之序 亦有五焉 其別如左博學之 審問之 愼
思之 明辨之 篤行之 右爲學之序 學問思辨 四者所以窮理
也 若夫篤行之事 則自修身以至於處事接物 亦各有要 其
別如左言忠信 行篤敬 懲忿窒欲 遷善改過 右修身之要 正
其義不謀其利 明其道不計其功 右處事之要 己所不欲 勿
施於人 行有不得 反求諸己 右接物之要 熹竊觀古昔聖賢
所以敎人爲學之意 莫非使之講明義理 以修其身 然後推
以及人 非徒欲其務記覽爲詞章 以釣聲名取利祿而已也
今入之爲學者 則旣反是矣 然聖賢所以敎人之法 具存於
經 有志之士 固當熟讀深思而問辨之 苟知理之當然 而責

其身以必然 則規矩禁防之具 豈待佗人設之而後有所持循
哉 近世於學有規 其待學者 爲已淺矣 而其爲法 又未必古
人之意也 故今不復以施於此堂 而特取凡聖賢所以教人爲
學之大端 條列如右而揭之楣間 諸君其相與講明 遵守而
責之於身焉 則夫思慮云爲之際 其所以戒謹而恐懼者 必
有嚴於彼者矣 其有不然而或出於禁防之外 則彼所謂規者
必將取之 固不得而略也 諸君其念之哉"

12 국학진흥연구사업추진위원회,『고문서집성24』「양안」,
641쪽

13 李德懋,『靑莊館全書』卷69,「寒竹堂涉筆 下」「灆溪廟庭
碑」,"灆溪書院 卽鄭文獻公一蠹先生俎豆之所也 其奉祀孫
德濟 建廟庭碑 本菴撰 鄕中諸大姓士族 評議峻發 以碑文
列叙理學道統 而不錄晦齋先生 爲本菴之過 仍論德濟慫恩
之罪 德濟不得已 稟本菴改撰 本菴遂删諸賢之歷叙者 只稱
六七作 仍上石 士論猶以爲六七作之中 亦含不錄晦齋之意
轉益層激 盧氏宣國 斧斲其碑 鑿去本菴姓名 鄭氏訴于監司
因係宣國于咸陽獄 今經二三監司 俱未決折 聞鄭氏言 則以
爲鄕中士族之祖先 多有創建之功 而碑中祇稱姜介菴 它不
槩見 故起爭端 聞士族之言 則以爲鄭氏不謀士林 半夜竪碑
公議不平云"

14 李德懋,『靑莊館全書』卷69,「寒竹堂涉筆 下」「灆溪廟庭
碑」,"其卓然爲斯道倡 接墜緒於中土者 實自寒暄金先生
一蠹鄭先生始 沿是而有靜菴退溪栗谷牛溪沙溪尤菴同春諸
先生 代作至于今磊落燀赫 而天下道統之傳 歸于我矣 猗歟
盛哉"

15 金鍾厚,『本庵集』卷7,「灆溪書院廟庭碑」,"其卓然爲斯道
倡 接墜緒於中土者 實自寒暄金先生一蠹鄭先生始 繼之以

諸老先生六七作 至于今磊落燀赫 而天下道統之傳 歸于我
矣 猗歟盛哉"

16 程頤,『二程遺書』卷17, "今農夫祁寒暑雨 深耕易耨 播種
伍穀 吾得而食之 今百工技藝作爲器用 吾得而用之 甲胄之
士披堅執銳以守土宇 吾得而安之 卻如此閒過了日月 卽是
天地間一蠹也 功澤又不及民 別事又做不得 惟有補緝聖人
遺書 庶幾有補爾"

17 정여창,『一蠹先生遺集』卷二,「岳陽」, 風蒲泛泛弄輕柔 四
月花開麥已秋 看盡頭流千萬疊 孤舟又下大江流

18 정여창,『一蠹先生遺集』卷二,「事實大略」, "六月濯纓來
訪 因共留青溪精舍 濯纓樂與先生從遊 而又愛灆溪山水之
勝 嘗遣人卜築此舍 使先生題其額 曰青溪精舍 至是濯纓來
訪 而適有疾 調養于精舍"

19 최완기,『한국성리학의 맥』도서출판느티나무, 1989, 262쪽

20 "丁丑十月日 余自密城道京山 宿踏溪驛 夢有神人 被七章
之服 頎然而來 自言楚懷王孫心 爲西楚伯王項籍所弒 沉之
郴江 因忽不見 余覺之 愕然曰 懷王 南楚之人也 余則東夷
之人也 地之相去 不翅萬有餘里 世之先後 亦千有餘載 來
感于夢寐 玆何祥也 且考之史 無投江之語 豈羽使人密擊
而投其尸于水歟 是未可知也 遂爲文以吊之"

21 "惟天賦物則以予人兮 孰不知其遵四大與五常 匪華豊而夷
嗇兮 曷古有而今亡 故吾夷人又後千祀兮 恭吊楚之懷王 昔
祖龍之弄牙角兮 四海之波殷爲盃 雖鱣鮪鰍鯢曷自保兮 思
網漏以營營 時六國之遺祚兮 沉淪播越僅媲夫編氓 梁也南
國之將種兮 踵魚狐而起事 求得王而從民望兮 存熊繹於不
祀 握乾符而面陽兮 天下固無尊於芊氏 遣長者以入關兮 亦
有足覩其仁義 羊狠狼貪擅夷冠軍兮 胡不收以膏齊斧 嗚呼

맑은 강물 같은 문화의 흐름 灆溪書院

勢有大不然者 吾於王而益懼 爲醯醋於反噬兮 果天運之蹠
鼇 郴之山礚以觸天兮 景晻曖而向晏 郴之水流以日夜兮 波
汪洮而不返 天長地久恨其曷旣兮 魂至今猶飄蕩 余之心貫
于金石兮 王忽臨乎夢想 循紫陽之老筆兮 思鹽蟬以欽欽 學
雲罍以醇地兮 冀英靈之來歆云"

22 강익, 『개암집』「夙夜齋讀易」, "燈下披黃卷 分明古聖顏 夜
深開戶看 雪月滿空山"

23 강익, 『개암집』「遊花林洞」, "南冥攜玉溪 喚起及吾儕 芳
草山容好 吟鞭馬首齊 月淵足初濯 龍潤詩更題 應知歸去後
花落鳥空啼"

24 강익, 『개암집』「初建灆溪書院, 得一絶諸生」"爲憐吾道已
寒灰 月冷鍾城歲幾回 凜凜遺風能起敬 庶今狂簡幸知裁"

25 김수환 외, 『도시는 역사다』, 서해문집, 2011.

26 강익, 「남계서원기」, "祠宇與講堂曁東西齋及乎前門 總
三十餘間 諸君子以余爲首事 請記其顚末 且名其齋舍 辭不
獲 謹識其立院之意 而遂名其講堂曰明誠 取中庸明則誠之
意也 堂之夾室 左曰居敬 右曰集義 取程訓之居敬窮理 鄒
經之集義以生之旨也 齋之室 東曰養正 取義於蒙以養正也
西曰輔仁 取義於以友輔仁也 齋之二軒 曰愛蓮 曰詠梅 前
之大門曰遵道 名各有義 而宣額曰灆溪書院 院在灆溪之上
也 噫 書院之設於吾東者 周茂陵竹溪之後 始興於斯"

27 『論語』「선진」, "春服旣成 冠者五六人 童子六七人 浴乎沂
風乎舞雩 詠而歸"

28 奇正鎭, 『蘆沙集』卷21, 「風詠樓重建記」, "曾氏之沂上風
詠 與顏子之巷居如愚 規模氣像 雖有不同 而學者不可廢一
而不講也明矣 是院之有居敬集義齋者 蓋將追曾孟之旨 以
事體用之學 是所謂學顏子之所學 而張而不弛 文武不能 發

舒精神 休養性情 又烏可無一段事乎"

29 『中庸』21장, "自誠明謂之性 自明誠謂之敎 誠則明矣 明則
誠矣"

30 『논어』「雍也」, "居敬而行簡"

31 『周易』「說卦」, "窮理盡性 以至於命"

32 『孟子』「公孫丑上」, "其爲氣也 至大至剛 以直養而無害 則
塞於天地之間 其爲氣也 配義與道 無是 餒也 是集義所生
者 非義襲而取之也"

33 『周易』「蒙卦」, "蒙以養正 聖功也"

34 주돈이,「愛蓮說」, "水陸草木之花 可愛者甚蕃 晉陶淵明獨
愛菊 自李唐來 世人甚愛牡丹 予獨愛蓮之出淤泥而不染 濯
清漣而不妖 中通外直 不蔓不枝 香遠益淸 亭亭淨植 可遠
觀而不可褻玩焉 予謂菊 花之隱逸者也 牡丹 花之富貴者也
蓮 花之君子者也 噫 菊之愛 陶後鮮有聞 蓮之愛 同予者何
人 牡丹之愛 宜乎眾矣"

35 『논어』「顏淵」, "曾子曰 君子以文會友 以友輔仁"

■ 김기주

계명대학교 철학과를 졸업하고, 臺灣東海大學 哲學研究所에서 석사·박사
학위를 취득하였다. 현재 계명대학교 교양교육대학에 재직하고 있다.
저역서로는『서원으로 남명학파를 보다』,『조선시대 심경부주 주석서 해
제』(공저),『심체와 성체 총론편』,『유교와 칸트』(공역) 등이 있으며,「기발
리승일도설로 본 기호학파의 3기 발전」,「이상사회에서의 일과 노동」등
40여 편의 논문이 있다.

맑은 강물 같은 문화의 흐름 灆溪書院

인   쇄   2015년 2월 17일 초판 인쇄
발   행   2015년 2월 27일 초판 발행
글 쓴 이   김기주
발 행 인   한정희
발 행 처   경인문화사
등록번호   제10-18호(1973년 11월 8일)
주   소   서울시 마포구 마포동 324-3 경인빌딩
대표전화   02-718-4831~2 · 팩 스   02-703-9711
홈페이지   http://kyungin.mkstudy.com
이 메 일   kyunginp@chol.com

ISBN 978-89-499-1062-8 03810
값 10,000원